술 맛 멋

술 맛 멋

문장과 풍경,
계절로 빚은
우리 술 이야기

김혜나
에세이

은행나무

들어가며

이과두주海에서 공부가주海로 페리가 객차들을 싣고 건너옵니다 한 별이 유적이 되기 위해선 얼마나 많은 유족의 눈이 추측되어야 하는 건가요 얼마나 많은 유골에 불을 피워야 이 행성은 판독이 되는 걸까요? 색깔을 처음 배우던 느낌으로, 뜨거운 모래 속에 두 발을 넣고 있는 느낌으로, 누군가의 머리를 감겨 주는 느낌으로, 이질(異質)의 시제에서만 투숙하는 백야가 되겠습니다 멀리서 이 별의 혈액을 흔들며 내 몸에 자욱한 당신에게, 씁니다 입안의 모래가[1]

— 김경주, 〈여독〉 중에서

열다섯 살 무렵에 살던 동네에서 부모님이 잡화점을 운영했다. 오전 10시에 어머니가 가게를 열었고, 오후에 아버지가 가서 일하다가 밤 10시에 문을 닫았다. 나도 학교 수업을 파한 뒤 가게로 가서 부모님을 도운 적이 많았다. 손님이 북적이는 가게에서는 식사를 할 수 없기에 저녁 시간을 놓치기 일쑤였다. 그렇다고 늦은 밤 집으로 돌아가 밥상을 차려서 먹기도 번거로웠다. 아버지와 나는 주로 새벽까지 영업하는 식당에서 저녁을 먹었다. 그렇다 보니 메뉴는 매번 곱창, 돼지껍데기, 닭발, 꼼장어와 같은 술안주 일색이었다. 아버지는 자연히 소주를 주문해 홀로 술잔을 채우고 비우기를 반복했다.

하루 일과를 마치고 난 아버지가 마시는 소주는 어떤 맛이었을까? 마셔본 적이 없으니 알 수 없고, 알 수 없으니 궁금했다. 결국 내가 마시던 물잔에 소주를 조금 따라서 맛을 보았다. 그런데 그때 마셔본 술맛이 어땠는지 전혀 기억나지 않는다. 소주였으니 제법 쓰고 독했을까? 아니면 달고 시원했을까? 그저 사람들이 술을 왜 마시는지 궁금했던 마음만 내내 떠오른다.

문학을 꿈꾸던 시절에는 소설보다 시를 많이 읽었다. 오래도록 소설가가 되기를 꿈꿔온 나였지만, 서사보다는 언어를 세밀하게 다루는 시의 구조에 대한 환영이 있었다. 시는 나에게 문장이 아닌 소리로 다가왔고, 다양한 형태소의 결합이 만들어내는 소리에 귀가 기울고 마음이 기울었다. 그렇게 두꺼운 대학 교재 사이에 늘상 시집을 끼고 다니던 나에게 어느 날 친구가 물었다. 내가 읽는 시집의 내용이 진짜로 이해가 되느냐고. 나는 친구의 질문에 오래도록 대답하지 못했다. 시가 보여주고 이야기하는 바를 온전히 이해하고 있는지 아무리 돌아봐도 알 수 없었다. 나는 결국 친구에게 시를 전부 이해하진 못한다고 말했다. 그러자 친구는 이해할 수 없는 시를 왜 계속 읽느냐고 다시 물었다. 내가 대답했다.

　　"머리로 이해하는 게 아니라, 가슴으로 느끼는 거야."

　　아버지가 마시던 술의 맛이 기억나지 않는 이유 또한 비슷할지 모르겠다. 술맛이란 머리로 인식하는 게 아니라, 가슴으로 느끼는 것일 테니. 나는 우리 술 전문가가 아닌 애호가일 뿐이지만, 오래도록 소설을 쓰며 살아와서 내가 직접 보고 느끼고 경험한 바를 글로 묘사하는 일에 익숙해 어쭙잖게나마 우리 술에 대한 이야기를 풀어낼 수 있었다. 우리 술 교육기관을 드나들며 술이 만들어지는 원리와 과정, 그리고 술을 맛보고 평가하는 방식을 배우기도 했으나 이 책에서는 술의 이론과 역사 등은 많이 다루지 않았다. 이 책을 읽는 분들과 함께 우리 술의 다양한 맛과 멋을 머리가 아닌 가슴으로 나눌 수 있기를 바란다.

차례

2부   시인의 눈물방울을 닮은 맛

3부   삶의 진실함과 세월의 깊이를 품은 멋

1부

시린 계절을
살아내게 하는
술

한 잔 술이 주는 기쁨

—— 동해와 설악을 품은 우리 술

작가에게는 혼자만의 시간이 절실하다. 자기만의 방을 노래한 버지니아 울프처럼 소설가로 일해온 나 또한 오로지 글쓰기를 위한 방이 필요했다. 그러나 서울에서는 작업실을 구하기가 쉽지 않아 주로 서너 달씩 머무를 수 있는 국내외 예술가 레지던스를 이용해왔다. 그러다 지난해에 설악산과 동해를 볼 수 있는 강원도 속초에 작업실을 구했다.

작업실은 속초 동명항이 한눈에 들어오는 곳에 자리해 있었다. 덕분에 매일 해가 떠오르는 모습을 바라보았다. 해가 수평선 사이 구름을 헤치고 솟아오르는 모습을 보고 있으면 절로 명상이 됐다. 가만히 앉아 호흡을 가다듬고, 요가를 수련하고, 아침 식사를 한 뒤 책상 앞에 앉아 글을 써나가는 일상이 고요하게 이어졌다.

새벽녘 붉은 자태를 뽐내며 떠오른 해가 중천으로 넘어갈 즈음이면 샛노란 빛을 쏟아냈다. 해수면 위로 반사되는 태양의 모습이 술잔처럼 둥글어 나는 마른침을 꼴깍 삼키다가 냉장고에서 '동해소주' 한 병을 꺼내 해처럼 둥근 술잔에 솔솔 따라냈다.

작가와 술은 떼려야 뗄 수 없는 관계이다. 난서증에 시달리던 헤밍웨이가 럼주로 만든 칵테일 다이키리를 마시며 《노인과 바다》를 쓰기 시작한 일화는 문학 애호가라면 누구나 알만큼 유명하다. 그뿐 아니라 테네시 윌리엄스, 존 치버, 레이먼드 카버, 찰스 부코스키 등의 작품에도 술은 지대한 영향을 미쳤다. 작가들은 왜 이토록 술을 사랑할까? 오랜 시간 책상 앞에 앉아 글을 쓰다 보면 아무래도 기혈의 순환이 원활하지 못하게 마련이라 그것을 흘려 보내줄 술 한 모금이 절실해지는 것은 아닐까? 오로지 홀로 이어가는 글쓰기의 순간에 마시는 한 잔 술은 작가에게 가히 노동주이자 소울메이트라 칭할 법했다.

소설을 쓰기 위해 국내외 문학 레지던스에 머물며 해당 지역에서만 구할 수 있는 술을 마셔보는 취미도 자라났다. 일본에 머물 적에는 선술집에서 꼬치구이를 시켜둔 채 사케를 마셨고, 태국에서는 럼주 '쌩솜'과 '홍텅'을 사 와서 소다수에 섞어 마시기도 했다. 부다페스트에서는 물보다 싸게 파는 요리용 와인도 맛이 훌륭해 자주 치즈에 곁들여 마셨고, 미국에서는 버번위스키와 맥주를 홀짝이며 소설을 써내려갔다.

속초에서 가장 먼저 찾아본 것 역시 지역 술이었다. 강원도 농산물로 빚은 탁주와 청주, 그리고 그것을 증류해 얻은 증류식 소주를 맛보고 싶었다.

속초 시내 마트와 식당, 주점에서 쉽게 찾아볼 수 있는 지역 술은 '바다 한 잔 동해소주'였다. 일명 '동해소주'라고 부르는 이 술은 바다의 이미지를 따서 투명한 유리병에 푸른 바다를 형상화한 디자인이 시선을 끌었다. 이 술을 마트에서 사 와 맛본 뒤 신기할 정도로 깔끔한 맛에 깜짝 놀랐다. 지역을 대표하는 소주라고 한들 주정*에 감

---

*　　연속식 증류로 얻은 순도 85퍼센트 이상의 식용 알코올.

미료를 혼합해 레이블만 달리한 희석식 소주가 대부분인데, 동해소주는 증류식 소주 원액과 해양심층수를 첨가해 맛이 굉장히 담백했다. 영금정에 부딪쳐 새하얗게 부서지는 파도의 이미지가 온몸 가득 차오르는 청정한 맛이었다.

작업실에 앉아 한낮의 바다를 바라보며 들이켜는 동해소주 한 잔. 삶에 이런 호사가 또 있을까 싶었다.

동해소주에 감탄한 나는 강원지역 명주라는 '설이소주'를 사 왔다. 설이소주는 생쌀을 갈아 저온 발효 후 냉각·여과하여 만든 술이다. 맑고 투명한 술의 이미지를 강원도 새하얀 설원의 '눈(雪)'에 비유하여 '설' 자를 붙였다. 양조장이 자리한 속초시 이목리는 배나무가 많은 곳이라 배나무 '이(梨)'자를 붙여 '설이雪梨소주'라 이름을 지었다고 한다. 설이소주 또한 반투명 유리병에 제품명만 깔끔하게 담아낸 디자인이라 그 맛이 어떨지 무척 기대됐다.

나는 저녁 시간을 기다려 식사를 하면서 설이소주를 한 잔 따라보았다. 한 모금 살짝 넘기자마자 "와, 맛있다" 소리가 대번에 나왔다. 설이소주는 초록병 소주와는 다른 증류주 특유의 향과 풍미를 지니고 있었다. 알코올의 독한 향과 맛은 없이 은은한 꽃향이 돌면서 부드럽게 넘어가는 증류주의 특징이 살아 있어 좋았다. 술을 한 모금 더 입에 머금어 보니 다달하면서도 무한한 부드러움이 혀를 감싸고 돌았다. 에탄올 함량이 40퍼센트나 된다는 게 믿어지지 않을 만큼 순하고 부드러워 마시는 내내 감탄이 나왔다.

설이소주의 단맛과 부드러움은 결코 깊거나 무겁지 않았다. 앞서 마셔본 동해소주가 영금정에 부딪히는 새하얀 파도와 같은 힘으로 다가왔다면, 설이소주는 부드럽게 살랑이는 한낮의 햇살과 바람 같은 여운으로 남았다.

속초에는 봄에도 눈이 온다고 했던가. 눈이 나리는 4월의 한낮, 벚꽃잎 가득한 영랑호 범바위에 올라 설악산을 바라보며 한가롭게 즐기고 싶은 술이 바로 설이소주였다. 안주로 아바이마을 실향민 어머니들이 쪄낸 고소한 오징어순대에 새콤달콤한 명태회 한 조각 얹어 입안에 넣으면 그야말로 금상첨화. 또는 가자미를 뼈째로 슥슥 썰어 채소와 함께 버무려낸 회무침에 곁들여 마시면 풍미가 한층 더 살아나리라.

　한평생 도시를 떠돌다 속초로 내려와 가장 좋은 점을 꼽으라면 역시 산과 바다였다. 비단 속초에만 산과 바다가 접해 있는 것은 아니지만, 깊은 푸른 동해와 넓고 높은 설악의 능선을 한눈에 바라보면 그저 감탄만 나왔다. 동해의 맑음과 설악의 정기를 한 잔 술과 함께 오롯이 느껴볼 수 있는 속초의 시간을 만끽해보기 바란다.

산다는 것은 겨울에 따뜻한 것입니다

—— 겨울에 더욱 빛나는 소주

김장철이 되어 다발 무를 한 단 사왔다. 무더운 계절이 지나고 날씨가 선선해지니 가을날 달달하게 물이 오른 무김치를 먹고 싶었다. 혼자서 김장까지 하기는 번거로울 뿐더러 많은 양의 배추김치를 저장해두고 먹을 수도 없어 조금씩 사서 먹고는 하지만, 섞박지 정도는 직접 담가서 먹고 싶었다. 무에서 무청을 먼저 떼어내 베란다 건조대에 널어두고, 몸통은 깨끗이 씻어 소금에 절여두었다.

어릴 적 어머니와 김장을 할 때면 콩을 삶았다. 콩 삶은 물로 김칫소를 버무렸고, 뭉근하게 삶은 콩으로는 메주를 만들었다. 가을 햇볕에 잘 마른 메주를 겨우내 따뜻한 온돌방 윗목에 두고 짚과 담요로 덮어 두면 메주 사이로 하얀 곰팡이가 피었다. 그렇게 띄운 메주를 이듬해 정월 소금물과 함께 독에 담갔다. 그리고 여름이 오기 전 장 가르기를 해서 간장과 된장을 얻었다.

마른 콩을 물에 불려 뭉근하게 삶아낸 뒤 메주를 성형하고, 말리고, 띄우기까지 오랜 시간과 정성이 필요했다. 그래서 아파트에서 살기 시작한 90년대부터 집에서 메주를 띄우지 않았다. 다만 직접 담근 간장과 된장 맛을 잊을 수 없어 매년 정월 대보름날에 유기농 마트에 가서 국산 콩으로 띄운 메주를 사왔다. 가격이 엄청나게 비싸지만 어릴 적 메주를 띄우며 고생하던 기억을 떠올리면 고개가 끄덕여졌다.

콩을 불리고, 뭉근하게 삶고, 메주 틀을 잡고, 마당에 널어 말리기까지는 그래도 재밌는 가사놀이로 다가왔다. 하지만 말린 메주를 짚으로 엮은 뒤 박스에 넣어 담요를 덮어두고 방에서 곰팡이를 띄우기 시작할 때 피어오르는 퀴퀴한 냄새는 견디기 괴로웠다. 어렸던 나는 메주 냄새가 너무 고약해 어머니께 제발 메주를 만들지 말아달라고 울면서 호소한 적도 있었다. 그게 벌써 30여 년 전 일이라니. 그렇게 괴로웠던 메주 냄새가 이제 전혀 떠오르질 않는다. 마트에서 사온 메주에서는 그토록 고약한 냄새가 나질 않고, 장 가르기를 해서 얻은 간장과 된장 냄새도 그저 구수할 뿐이다. 메주를 띄우는 과정에서 피어오르던 냄새는 어린 시절 이후 다시 맡아보지 못해 완전히 잊어버렸다.

아리랑주조에서 생산하는 '겨울소주'를 마주했을 때, 어릴 적 메주를 띄우며 맡아본 쿰쿰하고도 시큼한 냄새가 비로소 떠올랐다. 전통 방식으로 빚은 증류식 소주에서 피어오르는 누룩 향이 완전히 잊고 있던 어린 시절의 향수를 불러왔다.

메주를 띄우던 시기의 아련한 기억을 되짚으며 술잔을 입에 대고 입술을 축였다. 그러자 술에서 화사한 꽃향기가 피어올랐다. 이내 술을 입에 머금었다 삼키니 달고 구수한 누룽지 맛이 뒤따라왔다. 한 모금, 두 모금, 조금씩 더 맛보는 동안 신비롭고 따사로운 환영이 일었다.

겨울소주는 겨울에 빚기 시작해 이듬해 겨울에 얻는다. 겨울의 깨끗함을 닮았다 하여 '겨울소주'라 이름

붙였다고 한다. '겨울'이라는 소주 이름, 흑백의 바탕에 눈발이 나리는 술병 디자인을 보면서 내가 상상한 맛은 쨍하도록 차가운 현대적인 겨울의 맛이었다. 그런데 겨울소주의 맛은 그런 차가움, 쨍함 그리고 현대적인 것과 정반대의 지점에 있었다.

한창훈 소설가의 단편소설 〈밤눈〉에는 소설 속 화자가 시리도록 추운 겨울날 주점에 들어 주인과 술을 마시는 장면이 나온다. 한창 술기운이 무르익을 즈음 주인이 이런 말을 내뱉는다. "눈이 따시다는 것을 나는 그 사람이랑 있으면서 알았소. 산다는 것은 겨울에 따뜻한 것입니다."² 10여 년 전에 읽은 소설이라 내용은 기억나지 않는데, 저 문장을 읽다가 나도 모르게 와락 눈물을 쏟은 기억이 생생하게 살아났다.

겨울소주는 마치 저 소설 속 문장을 재현한 듯한 맛이다. 눈부시게 추운 겨울날, 얼어붙은 내 몸과 마음을 따뜻하게 데워주는 소주 한 잔. 그와 동시에 굉장히 여성적인 느낌까지 감도는, 아니 그보다는 모성에 더 가깝다고 해야 할까? 마셔보기 전에는 45도나 되는 도수에 지레 겁먹어 얼음을 넣고 희석해 마실까 싶었으나, 마시다 보니 어머니 품에 안겨 있는 듯한 따뜻함을 굳이 차게 식히고 싶지 않았다. 작은 잔에 내내 소주를 따라두고 조금씩 나누어 마시는 사이, 뜻 모를 감상에 젖어 나도 모를 눈물방울을 떨구었다.

　아, 이 반가운 것은 무엇인가
　이 회수무레하고 부드럽고 수수하고 슴슴한 것은 무엇인가
　겨울밤 쩡하니 닉은 동티미국을 좋아하고 얼얼한 댕추가루를 좋아하고 싱싱한 산꿩의 고기를 좋아하고
　그리고 담배 내음새 탄수 내음새 또 수육을 삶는 육수국 내음새 자욱한 더북한 삿방 쩔쩔 끓는 아르궅을 좋아하는 이것은 무엇인가
　＿ 백석, 〈국수〉 중에서

　외롭고, 춥고, 고단한 겨울밤. 차게 식은 몸과 마음을 이끌고 집으로 돌아오는 상상을 해본다. 아랫목에 누워 계시던 어머니가 느릿하니 눈을 부비며 일어나 부엌으로 들어가더니 '회수무레하고 부드럽고 수수하고

24

슴슴하게' 끓여낸 국수 한 그릇 말아 겨울소주와 함께 반상에 소박하게 올려놓는 모습. 나는 그 상상으로 들어가 술잔에 소주를 찰랑하게 채우고 한 모금 더 들이켜 본다. 입술과 목울대를 농밀하게 감싸다가 이내 가슴 저편에서 아스라이 따뜻해지는, 그것. 우리가 이 맑고 부드럽고 따스한 것을 잃지 않는다면, 아무리 시린 겨울에도 끝내 살아갈 수 있을 게다.

언제나 어디서나 변하지 않는 모습으로
—— 충남 당진의 상록수

"동혁 씨, 난 먼첨 가요! 한곡리허구 합병두 못 해 보구……. 그렇지만 난 행복해요. 등 뒤가 든든해요. 깨끗헌 당신의 사랑만은 영원히 변하지 않을 테니까요. 그러구 끝까지 꿋꿋하게 싸우며 나가실 걸 믿으니까요……."

—— 심훈,《상록수》중에서

둥글고 뭉툭한 유리병에 짙은 녹색으로 '상록수'라고 새겨진 '상록수' 소주를 처음 마주했을 때, 반가움이 담뿍 밀려왔다. 아, 드디어 상록수 소주가 나왔구나. 농촌에 대한 애정을 바탕으로 계몽운동을 이어가던 영신과 동혁의 혼이 아니 떠오를 수 없었다. 그리고 중학생 시절 교실에서 국어 교과서를 읽으며 눈물을 떨구던 시간까지도.

"〈가〉자에 ㄱ하면〈각〉하고"

"〈나〉자에 ㄴ하면〈난〉하고"

하면서 다리도 못 뻗고 들어앉은 아이들은, 고개를 반짝 들고 칠판을 쳐다보면서 제비 주둥이 같은 입을 일제히 벌렸다 오므렸다 한다. 그러면 윗반에서는 《농민독본》을 펴 놓고,

잠자는 자 잠을 깨고

눈먼 자 눈을 떠라

부지런히 일을 하여

살 길을 닦아 보세

하며 목청이 찢어져라고 선생의 입내를 낸다. 그 소리를 가까이 들으면 귀가 따갑도록 시끄럽지만 멀리 축동 밖에서 들을 때, 〈아아 너희들이 인제야 눈을 떠 가는구

나!) 하며 영신은 어깨춤이 저절로 났다.

— 심훈, 《상록수》 중에서

학창 시절, 나는 공부에 딱히 관심이 없었다. 그래도 국어 시간만 되면 문학 작품 읽는 재미에 빠져 수업에 집중하고는 했다. 그러다 교과서에서 소설 《상록수》의 일부분을 읽고 마치 소설 속 《농민독본》의 한 구절처럼 눈이 번쩍 뜨였다. 나는 소설의 나머지 부분이 궁금해 학교 수업이 파한 뒤 서점으로 달려가 문고본 《상록수》를 구매해 만사 제쳐두고 읽기 시작했다. 교과서에 실린, 시험에 출제되는 부분만 골라 읽으면 될 걸 왜 두꺼운 책을 꾸역꾸역 읽느냐며 나를 이상하게 보는 친구가 많았다. 게다가 《상록수》라면 1930년대 농촌을 휩쓸던 계몽운동을 중심으로 서사가 진행되는 터라 소설로서의 재미는 부족하다는 게 다수의 평이었다. 하지만 나는 대쪽같은 성품의 청년 영신과 동혁이 서로에게 호감을 느끼며 다가가는 러브스토리에 빠져들어 이 책을 손에서 놓지 못했다. 닿을 듯 닿지 못하는 두 사람의 연애 서사를 따라 소설을 읽어나가다 보면 어찌나 애가

타는지! 그러면서도 문맹인 아이들에게 글자를 가르치며 이루 말할 수 없는 희열에 젖어가는 영신과, 어려운 형편에도 고리대금업자 기천의 방해 공작에 맞서며 꿋꿋하게 농촌운동을 이어나는 동혁의 모습에 깊이 감화되었다. 아이들을 가르칠 수 있는 학원을 세우고자 한 몸 다 바쳐 희생한 영신이 끝내 건강을 회복하지 못하고 눈을 감는 순간에는 이것이 소설임을 뻔히 알면서도 그녀의 시련이 너무 가혹하게 다가와 대성통곡하던 기억도 남아 있다.

그로부터 나는 교과서에 실린 근현대 한국소설이라면 무조건 찾아 읽는 습관이 생겼다. 그때 나는 학교 공부보다는 소설 읽는 재미에 빠져 도무지 헤어나지 못했다. 고등학생이 되고 난 뒤부터는 문학 교과서에 실린 외국소설까지도 찾아 읽었다. 이렇듯 나에게 문학 읽는 재미를 한껏 선사해준 소설 《상록수》는 아직도 내 가슴속에 높고 푸른 나무로 생생히 살아 있다. 바로 그 《상록수》의 정신을 오롯이 담아낸 맑은 소주를 마주하게 되다니. 나는 무언가 생각해볼 겨를도 없이 마치 홀리기라도 한 사람처럼 상록수를 열었다.

상록수는 심훈의 소설 《상록수》의 제목을 그대로 사용했다. 일제강점기 독립운동가이자 농촌계몽운동 가이기도 했던 심훈의 농촌에 대한 헌신적인 애정과 의지를 술에 담아낸 것이다. 심훈이 소설 《상록수》를 집필한 곳인 충남 당진에 위치한 양조장에서는 당진의 해나루쌀로 상록수를 빚는다.

우선 생쌀을 잘게 빻은 뒤 증류식 소주용 효모와 정제효소, 입국*을 넣고 2주 동안 발효한다. 그렇게 발효한 술을 압력을 낮추어 낮은 온도에서 끓게 해서 증류하고 6개월 동안 숙성한다. 그 뒤에 물과 혼합해 에탄올 도수를 맞추고, 다시 3개월의 숙성 기간을 거쳐 비로소 완성한다.

코르크 뚜껑을 열어 향을 맡으니 증류식 소주 특유의 쌀 내음과 함께 소금기 있는 향이 감돌았다. 증류주이니 색은 아주 맑고 투명했다. 맛은 그야말로 청정하고 깔끔한 증류주 그 자체였다. 혀 위에서는 은은한 과일향과 꽃향기가 나며, 뒤로 갈수록 산뜻한 여운이 흘

---

* 곡물의 전분을 분해해서 당으로 만들어주는 당화제.

렀다. 놀라울 정도로 부드러운 목넘김과 적당한 당도, 산뜻한 물맛을 함께 느낄 수 있는 소주 상록수. 알코올 도수가 40도임에도 25도 정도로만 느껴질 만큼 술의 타격감도 적어 누구나 호불호 없이 즐길 법했다.

심훈은 일제의 탄압이 심해지던 1932년 그의 어머니가 머무는 당진으로 내려가 직접 필경사를 짓고 소설 《상록수》를 집필했다. 이 소설이 1935년 동아일보 창간 15주년 기념 공모전에 당선되어 상금을 받았고, 심훈은 그 상금으로 상록학원을 설립했다. 영화감독이기도 했던 그는 소설 《상록수》를 영화화하려고 했지만 일제의 탄압으로 인해 끝내 만들지 못했다. 이듬해 그는 장티푸스에 걸려 사망했고, 《상록수》는 그의 생에 마지막 소설이 되었다. 그가 직접 짓고 소설을 쓰며 지냈던 필경사는 당진군에 보존되어 있고, 인근 부지에 심훈 문학관이 건립되어 상록수의 정신을 이어오고 있다.

황토로 외벽을 바르고 초가지붕을 덮은 필경사는 '붓으로 밭을 일군다'는 뜻을 담고 있다. 도시 생활을 청산하고 시골로 내려가 손수 밭을 일구는 정성으로 글을 써내려간 심훈의 심정은 어땠을까?

그날이 오면, 그날이 오면은

삼각산이 일어나 더덩실 춤이라도 추고,

한강 물이 뒤집혀 용솟음칠 그날이

이 목숨이 끊기기 전에 와 주기만 하량이면

나는 밤하늘에 날으는 까마귀와 같이

종로의 인경을 머리로 들이받아 울리오리다.

두개골은 깨어져 산산조각이 나도

기뻐서 죽사오매 오히려 무슨 한이 남으오리까.

그날이 와서 오오 그날이 와서

육조 앞 넓은 길을 울며 뛰며 뒹굴어도

그래도 넘치는 기쁨에 가슴이 미어질 듯하거든

드는 칼로 이 몸의 가죽이라도 벗겨서

커다란 북을 만들어 들쳐 메고는

여러분의 행렬에 앞장을 서오리다.

우렁찬 그 소리를 한 번이라도 듣기만 하면

그 자리에 거꾸러져도 눈을 감겠소이다.

_심훈, (그날이 오면)

    그날이 오면 두개골이 깨어져 산산조각 나도 아무런 한이 남지 않으리라고 노래하는 심훈. 그리고 영신과 동혁의 올곧은 정신과 농촌을 향한 애정을 머금은 해맑은 소주 상록수. 영신이 못 다 이룬 이상과 사랑, 심훈이 간절히 기다리던 그날을 다시 한 번 가슴에 새기며, 아주 크거나 굵지는 않지만 언제나 변하지 않는 모습으로 우리 곁에 올곧게 서 있는 푸른 나무를 닮은 한 잔 술을 기울여 본다.

눈길을 걷는 어머니의 심정
—— 한국의 청주 서설

"그날 밤사 말고 갑자기 웬 눈이 그리도 많이 내렸던지
잠을 잤으면 얼마나 잤겠느냐마는 그래도 잠시 눈을 붙
였다가 새벽녘에 일어나 보니 바깥이 온통 환한 눈 천
지로구나……. 눈이 왔더라도 어쩔 수가 있더냐. 서둘
러 밥 한술씩을 끓여다가 속을 덮히고 그 눈길을 서둘
러 나섰더니라……."[3]
__ 이청준, (눈길) 중에서

미색의 고운 술이 담긴 투명한 유리병에 하얗고 네
모난 부직포가 붙어 있다. 부직포에 촘촘히 찍힌 누군
가의 발자국을 눈으로 따라가면 오른편 위쪽에 음각한

'瑞雪(서설)'이라는 글자가 비로소 눈에 들어온다. 상서로운 눈, 복눈이라는 뜻이다. 이 세상 어떤 술병이 이보다 더 고담하게 술의 속성을 표현할 수 있을까 싶다.

'서설'은 술맛을 보기도 전부터 이청준의 소설 〈눈길〉을 떠올리게 만들었다. 정서적으로나 현실적으로나 서로 주고받을 것 없는 데면데면한 모자지간. 노모를 만나러 고향에 왔음에도 서둘러 자리를 뜨려는 아들 내외를 바라보는 시선이 영 불편해지고 마는 소설. 기어이 내일 떠나고 말겠다는 아들이 내심 서운하지만 노모는 뭐라 말하지도 못한다. 그날 밤 노모는 마을의 지붕 개량 사업 이야기를 꺼내며 집에 지붕을 고치고 싶은 마음을 내비친다. 그러나 그동안 가족에게 도움을 받기는커녕 자신의 인생을 회생해 도움만 주며 성장해온 아들은 아무 대꾸하지 않는다. 함께 온 아내만이 노모의 이야기에 장단을 맞추며 다음 날까지 집안 사정에 대한 이야기를 나눌 뿐이다. 그러는 사이 노모와 아내의 대화가 무르익어 오래된 옷궤를 화제에 올리고, 아들은 둘의 이야기에 귀 기울이기 시작한다.

소설 〈눈길〉 속 '나'가 고등학생일 때, 형이 집안을 말아먹어 노인은 집을 팔 수밖에 없었다. 그럼에도 노인은 K시에서 방학을 보내고 고향으로 돌아온 '나'를 위해, 이미 남의 집이 되어버린 곳에서 딱 하루만 함께 잘 수 있도록 집주인의 허락을 받아두었다. 그동안 집 안의 가구도 모두 빼두었건만, 노인은 어색해할 아들을 생각해 안방 한쪽으로 이불과 옷궤만은 그대로 남겨 두었다. 그곳에서 모자는 하룻밤을 보냈으나, 남의 집에서 잠을 청하는 처지가 괴로워 이른 새벽에 깨어 그대로 길을 나서버리고 만다. 그렇게 노인과 함께 눈길을 걸어 장터 차부에서 헤어지고 난 뒤의 사정을 알 길이 없던 아들은 그저 잠든 체하며 아내와 노모의 이야기를 엿듣기 시작한다. 돌아갈 집은 없는데 아들까지 멀리 떠나보내고 홀로 남은 노인은 어떻게 새하얀 눈길을 헤치고 나아갔을까?

중학생 시절, 이 소설을 여러 차례 반복해 읽었다. 그러나 아무리 읽고 또 읽어도 아들을 떠나보낸 뒤 새하얀 눈길을 홀로 걷는 노인의 심정을 헤아릴 수 없었다. 소설은 끝내 노모의 심정을 직접적으로 설명하지 않고, 진이 난다 싶을 정도로 주변을 뱅뱅 돌며 중심을 흐릿하게 보여줄 뿐이다. 자세히 볼 수 없고, 또렷이 들을 수 없어 더 깊이 들여다보고 귀 기울이게 만드는 이야기의 힘. 나는 매 순간 소설의 빈자리를 찾아내려는 간절한 심정으로 문학을 읽어나갔다.

서설은 마치 소설 〈눈길〉 속 노모의 마음처럼 술의 색부터 향, 맛, 심지어 레이블까지, 무엇 하나 눈에 띄게 드러나 있지 않아서 더욱 '눈길'을 끈다. 이윽고 술을 잔에 따라보면 은은한 과실향과 함께 맑고 투명한 색감과 부드러운 질감이 여리게 나타난다. 술맛 또한 새하얀 눈처럼 맑고 부드럽고 담백하다. 대부분의 술에서 맛볼 수 있는 단맛, 신맛, 짠맛 그리고 매운 느낌 없이, 어느 한 부분도 자극적이거나 과하지 않게 담아낸 맑은 술의 정수를 보여준다.

대학을 졸업한 뒤 어머니 집으로 들어가 소설을 쓰면서 지냈던 적이 있다. 온종일 방 안에 틀어박혀 노트북만 붙들고 있는 나를 어머니는 달가워하지 않았다. 멀쩡히 대학을 졸업하고도 변변한 직업 없이 골방에 홀로 처박혀 있는 딸이 마뜩찮았을 것이다. 어머니는 내가 하루빨리 취직하기를 바랐으나 나는 소설가의 꿈을 포기할 수 없었다.

사실 나는 학부를 졸업한 뒤 문예창작과 대학원 과정으로 진학하고 싶었다. 하지만 집안 형편상 공부를 더 하기에는 무리가 따랐다. 나는 비록 취직은 포기했으나, 어머니께 용돈을 받으며 소설만 쓰고 있을 수 없어 매일 새벽 집 근처 패스트푸드점에 가서 일했다. 오전 7시부터 12시까지 다섯 시간 동안 일하고 받은 시급으로 내 생활비만 겨우 충당하며 소설을 써나갔다. 다큰 자식이 취직도 못 하고 아르바이트만 하면서 방구석에 틀어박혀 있는 모습이 어머니로서는 답답해 미칠 노릇이었을 것이다. 하나 나로서는 내가 원하는 공부를 맘껏 할 수 있도록 지원해주지 않는 어머니가 못내 야속하게 다가왔다. 대학원에 진학해 공부하며 글을 쓰는 친구들을 볼 때마다 내 처지가 더욱 서러워 점점 친구조차 멀리하게 됐다. 세상 사람들이 모두 내 꿈을 비웃고 나를 한심하게 여긴다 해도, 단 한 사람, 어머니만큼은 나를 응원하고 지지해주기를 바라는 마음이 간절했다. 하지만 어머니는 단 한 번도 나를 응원하지 않았고,

오히려 부끄러워했다.

어머니에 대한 야속한 마음이 내 안에 오래도록 머물러, 마침내 소설가로 등단하고 책을 출간한 뒤 나는 곧장 집을 떠나 홀로 생활했다. 그리고 어머니 댁에는 명절이나 생신날에만 찾아갔다. 서너 해가 흐르자 내가 쓰던 방은 온갖 책과 이불, 옷, 잡동사니 등을 쌓아두는 창고로 변해갔다. 한 번은 방 정리를 하려고 일부러 찾아갔을 때, 책상과 책장 틈에서 커다란 스케치북을 발견했다. 내가 쓰던 것이 아니라 무엇인가 하고 펼쳐보았다. 그 안에는 내가 소설가가 된 날부터 소설책을 출간할 때마다 신문에 보도된 기사가 빼곡히 붙어 있었다. 작가 인터뷰뿐만 아니라 여러 책과 함께 단신으로 소개된 신간 보도, 나도 읽어보지 못한 지방지 리뷰까지 붙어 있었다. 어머니는 도대체, 어디서 이 신문을 구해서 일일이 모아두었을까?

가족들에게 이 기사를 다 어디서 구했느냐고 물었다. 그러자 오빠는 어머니가 매일 인터넷 검색을 해서 내 기사가 뜰 때마다 동네 신문 가판대를 모두 돌아다녔다고 말했다. 가판대에 없는 지방지 또는 중소 매체

신문은 보급소와 언론사에 연락해 직접 찾아가 받아 왔다고 했다. 나는 뭐라고 말해야 할지 알 수 없어 공연히 어머니를 타박하는 말투로 말했다. "무릎도 안 좋은 사람이 어쩌자고 거기를 다 찾아다녔대······." "신문사에 연락해서 우리 딸이 소설가인데 오늘 이 신문에 기사가 나서 꼭 좀 보고 싶다고 말하니까 다들 그냥 가져가라며 내어주더라." 나는 여전히 어떻게 반응해야 할지 알 수 없어 "아니 내가 습작할 때는 그렇게 싫어하더니만······" 하고 투덜대기만 했다. 그러자 어머니는 짐짓 망설이다가 느릿하게 말을 이었다. "네가 소설을 쓰는 게 싫었던 게 아니라, 소설 때문에 상처를 입을까 두려웠어."

어머니가 모아 온 기사를 살펴보니 한여름 폭염이 기승을 부리던 때도 있고, 한파가 몰아닥친 한겨울도 있었다. 어머니는 어떠한 심정으로 딸의 기사가 실린 신문 지면을 찾아 사시사철 온 동네를 헤매고 언론사까지 찾아갔을까? 나로서는 그 마음을 도무지 헤아릴 수 없어, 흐릿한 발자국이 남은 서설을 한 잔 마시고, 〈눈길〉을 다시 읽어볼 뿐이다.

강쇠와 옹녀의 기운이 서린 한 잔
—— 지리산 기운 내린 강쇠

어릴 적 부모님이 운영하던 잡화점 영업을 마친 뒤 아버지와 함께 저녁 식사를 할 때면, 아버지는 매번 술을 곁들였다. 소주를 주로 마셨지만 컨디션이 안 좋거나 피로한 날이면 '청하'를 마셨다. 나로서는 알 길이 없었지만, 아버지는 청하가 소주보다 순해서 마시기 훨씬 편하다고 웃으셨다.

애주가였던 아버지는 신상 술이 나오면 꼭 주문해 맛보곤 했다. 그러다 '백세주'를 드시게 된 아버지는 맛이 빼어난 데다가 다음 날 숙취가 덜하다며 좋아하셨다. 하지만 가격이 소주의 두 배가 넘었기에 자주 마시지는 않았다. 그래서 백세주가 마시고 싶은 날이면 소주와 백세주를 한 병씩 주문해 섞은 '오십세주'를 마셨다. 그러면 맛과 가격 모두 만족스럽다며 좋아하던 기억이 난다.

내가 스무 살이던 해에도 백세주와 오십세주의 인기는 어마어마했다. 나 또한 아르바이트로 생활비를 충당하는 처지였기에 값비싼 백세주보다는 오십세주를 선호했다. 그마저도 여의치 않을 때는 청하를 마셨다.

우리 술의 매력에 빠져 공부를 해나가다 백세주가 '약주'라는 것을 알게 되었다. 약주라는 말을 들어보긴 했으나, 술을 점잖게 이르거나 약재를 넣은 술을 의미하는 줄로만 알았다. 한데 주종으로서의 약주는 탁주 위로 뜨는 맑은 술 즉 '청주淸酒'를 의미했다. 다만 일제강점기부터 오직 일본식 입국을 사용해 빚은 술만 '청주'라는 명칭을 사용해왔고, 우리나라의 청주는 주세법상 '약주藥酒'로 분류되었다는 슬픈 역사가 있었다 한다. 그러니까 내가 마셔본 청하와 백세주 모두 청·약주에 속하는 주종이었던 것이다.

백세주의 추억을 떠올리며 약주를 찾아보던 중에 '지리산 기운 내린 강쇠'라는 술을 만났다. 우리에게 익숙한 백세주나 산사춘과 같은 살균약주에 비해 색이 연하고 점도가 낮은 술이었다. 다소 쿰쿰한 누룩 향이 올라오지만, 입에 넣으면 매우 싱그럽고 부드럽게 술술 넘어갔다. 술잔을 흔들어 몇 모금 더 마시자 나도 모르게 "드디어 찾았다, 내 인생 술"이라는 소리가 나왔다. 너무 달거나 진득하지 않으며 가볍고 청량하게 혀를 타고 넘어가는 목넘김이라니. 과도한 에탄올 향이나 누룩취, 살균취 등 무엇 하나 튀는 것 없이 편안하게 마실 수 있었다. 내 취향을 저격하는 약주를 찾았다는 사실이 반가웠고, 이런 술이 극도로 저렴하다는 사실이 두 번 반가웠다.

'지리산 기운 내린 강쇠'라는 제품명은 누가 봐도 남성적이지만, 술의 색, 향, 맛에 있어서는 다소 여성적인 느낌이 나는 것도 오묘했다. 은은한 단맛에 가볍고 부드러운 목넘김. 녹차처럼 옅은 빛깔이 나에게는 살결이 희고 몸이 가녀린 여성의 이미지를 떠올리게 했다. 원재료 중 오가피는 남성의 정력에 좋다는 설이 있어 넣은 듯하고, 오미자는 여성의 피부에 좋다는 설이 있어 음양의 구색을 맞추려고 사용한 게 아닐까 싶었다. 홀로 이 술에 대한 의미를 더듬어나가다 보니 어쩌면 제품명과 가격대, 술병 디자인의 모티브를 《변강쇠가》에서 얻은 게 아닐까 싶기도 했다.

《변강쇠가》는 평안도의 옹녀와 삼남三南의 변강쇠가 청석골에서 만나 떠돌다가 지리산에 정착한다는 내용으로, 조선 후기 사회 빈곤층의 절망을 보여주는 작품이다. 유별나게 정력이 강한 강쇠와 옹녀는 조선 팔도를 떠돌며 살아가는 빈민층이었다. 하루는 강쇠가 땔감을 하지 않고 장승을 뽑아 불을 때자 장승이 그에게 무자비한 형벌을 내렸다. 그로 인해 강쇠는 비참하게 죽고, 자신의 죽음을 원통해한 강쇠의 원혼을 달래기 위해 무당이 굿을 벌여 해원解冤을 하는 내용이다.

차갑게 식힌 '강쇠'를 와인 디켄터에 옮겨 담은 뒤 와인잔에 따라 천천히 음미하며 마셔보았다. 와인잔의 내벽을 타고 올라오는 술의 향이 한층 강렬해지며 더욱 다채로운 맛이 느껴졌다. 어쩌면 이 술의 외양은 천하의 잡놈이던 강쇠 혹은 그가 패다가 징벌을 받게 된 장승의 모습을 형상화한 게 아닐까? 그 안에 담긴 술은 고운 미색을 자랑하는 옹녀의 결과 닮아 있어, 둘이 나름의 조화를 보여주고 있었다.

하루 일과를 마친 뒤 강쇠 한 잔 따라본다. 안주는 그저 컵라면 한 그릇 또는 김밥 한 줄이나 달걀 부침 정도면 충분하다. 거나하게 차린 한정식보다는 단출하게 차린 주전부리에 약주 한 잔 걸치는 편이 하루를 마무리하기 제격이라는 사실을 어느새 알아버렸다. 정말로 눈 감았다 떠보니 열다섯 살에 마주한 아버지보다도 많은 나이를 먹었고, 그때 아버지가 마셨을 법한 약주를 들이켜고 있다. 환생이란 몸과 영혼의 생사를 넘나들며 이루어지기보다는, 매일 매 순간 일어나고 있음을 깨달으며 영겁의 세월을 흘러 내 앞에 놓인 술잔을 또 한 번 들이켠다.

살았을 때 집이 없고 죽은 후에 자식 없어
높은 뫼 깊은 구렁 이리 저리 구는 뼈를 묻어줄 이 뉘 있으며,
슬픈 바람 지는 달에 애고애고 우는 혼을 조상할 이 뉘 있으리.

생각하면 허사로다, 심사 부려 쓸 데 있나.

이 생 원통 다 버리고 지부명왕 찾아가서 절절이 원정
하여 후생의 복을 타서,

부귀가에 다시 생겨 평생행락하게 하면 당신네 신체들은
청산에 터를 잡아 각각 후장한 연후에 년년가일 돌아오면
내가 봉사할 것이니 제발 덕분 떨어지오.

___《변강쇠가》 중에서

냇가에 내려놓은 마음
── 국내 최초 보드카 무심

충북 청주에서 대학교를 다니며 문학을 공부하던 시절, 흥덕구와 상당구를 가로지르는 무심천 근처에 살았다. 인공적으로 설계한 서울의 청계천과는 달리 자연천인 무심천의 규모는 굉장히 길고 넓어 청주 시민들은 이곳을 청주의 한강이라 불렀다. 그래서 이른 새벽부터 늦은 밤까지 무심천에서 산책하거나 자전거를 타는 사람들의 모습을 숙소 근처에서 매일 볼 수 있었다.

무심천無心川의 '無心'이란 '생각하는 마음이 없음' 또는 '속세에 관심이 없는 경지'를 뜻한다. 그러나 20대 내내 소설가의 꿈을 이루지 못해 안절부절못하던 내 안에는 언제나 불안한 생각만이 가득 차 있었다. 그 시절

나는 매일 소설을 쓰고 다듬으면서 전공 수업 과제와 시험을 준비하고 아르바이트까지 하느라 몸도 마음도 도무지 쉴 곳 없는 청춘이었다. 친구와 만나 밥 먹고 차 마시고 영화를 보며 소비하는 돈과 시간이 아까워 친구도 사귀지 않고 휴대전화까지 없앤 채 오로지 소설 쓰기와 문학 공부에만 집착하듯 매달렸다. 그렇게 습작한 수십 편의 단편소설을 신춘문예와 문학 공모전에 응모하고 결과를 기다릴 때마다 피가 마르는 심정이었다. 20대에 등단한 또래 작가들이 문단의 주목을 받거나 첫 책을 출간했다는 기사를 볼 때면 질투와 분노로 끓어오르는 마음을 억누를 수가 없었다. 마음을 어떻게 다스려야 하는지 알지 못했고, 어마어마한 분노와 욕망과 집착 사이에서 홀로 괴로워하다가 무언가에 홀리기라도 한 사람처럼 무심천으로 나아가곤 했다. 무심천에서 그저 흐르는 냇물을 내려다보고 눈물을 쏟으며 나의 힘겨운 청춘이 하루빨리 흘러가기만을 바라고 또 바랐다.

바람이 불고, 나뭇잎이 떨어지고, 꽃이 피고, 열매가 맺고, 냇물이 흐르는 것과 같이 시간이 계속 흘렀다. 학부를 졸업할 때까지도 소설가로 등단을 하지 못한 나는 극도로 절망하며 우울증을 앓았다. 그래도 포기하지 않고 계속 아르바이트를 하며 장편소설을 집필해 공모전에 응모한 끝에 2년의 시간이 지나 당선 통보 전화를 받았다. 내가 쓴 소설이 문학상 수상작으로 출간되어 세상에 나오고, 비로소 소설가로서 작품 활동을 해나갈 수 있었다. 어렵사리 꿈을 이루고 난 뒤 10여 년의 세월이 또 훌쩍 지났으나, 비루하고 지난했던 청춘의 시간을 무심천에서 눈물과 함께 흘려보내던 때가 이따금씩 떠오르곤 한다.

시간의 냇물은 흐르고 또 흘러, 새로운 우리 술을 찾던 중 무심천의 이름을 딴 증류주 '무심'을 발견했다. '무심'을 생산하는 양조장이니 당연히 충북 청주시에 위치해 있었다. 그런데 '무심'이라는 이름을 단 술의 주종이 탁주나 소주가 아닌 보드카였다.

우리나라 국세청은 주류의 종류를 총 네 가지로 분류하고 있다. 첫 번째는 주정, 두 번째는 탁주·약주·청주·맥주·과실주 등의 발효주류, 세 번째는 소주·위스키·브랜디·일반증류주·리큐르 등의 증류주류, 네 번째는 기타주류이다. 일반증류주는 소주·위스키·브랜

디를 제외한 증류주로서 고량주, 럼, 진, 보드카, 데킬라가 이에 해당한다. 그중 무색, 무취, 무미의 특징을 지닌 보드카는 세계에서 가장 많은 생산량을 자랑하는 증류주이며, 러시아를 비롯한 북유럽 모든 국가에서 생산하고 있는 술이기도 하다.

보드카는 수수, 밀, 호밀, 쌀과 같은 곡물류 또는 감자, 사탕무 등의 전분질 원료를 발효한 뒤 연속 증류를 하고 자작나무 숯으로 여과해 만든다. 희석식 소주와 만드는 방식이 비슷하지만 대부분 감미료를 첨가하지 않는다. 연속 증류와 활성탄 여과로 원재료의 맛과 향이 제거된 깔끔한 맛이 나서 칵테일의 베이스로 널리 사용되기도 한다. 이런 보드카는 여러 면에서 서양의 술보다는 우리나라 소주와 유사한 점이 많다. 그래서 '소주'라는 이름을 모르던 외국인들은 한국의 소주를 '코리안 보드카'라고 부르기도 했다. 한국에서 보드카가 소주의 아성을 뛰어넘을 정도의 국민주로 대접받기는 어렵겠지만, 보드카가 가진 투명하고 깔끔한 무색·무취·무미의 매력에 빠져드는 매니아 층이 점점 많아지고 있다.

스마트 브루어리에서 생산하는 무심은 쌀로 만든

한국 최초의 증류식 보드카로, 세 차례 증류를 거치면서 거칠고 강한 향과 맛이 사라진다. 여기에 시베리아산 자작나무 숯으로 술을 여과해 맑고 순한 질감으로 완성한다. 그래서인지 45도라는 사실이 믿어지지 않을 정도로 부드럽고 담백한 맛이 빼어나다. '무심'을 입에 넣으면 무색, 무취, 무미의 투명함이 입안 가득 차올랐다가, 은은하고 부드러운 질감 속에서 마치 꽃봉오리가 피어오르듯 여리고도 독한 맛이 서서히 번져나간다.

　　무심을 마시다 보면 보드카는 추운 날 들이켜는 강인한 남자의 술이라는 고정관념이 사라지고, 천천히 흐르는 부드러운 물속에 폭 잠긴 듯한 포근한 느낌이 감돈다. 무색, 무취, 무미에 무심이 얹어지며 텅 빈 마음을 품은 듯한 무한한 공空의 세계가 펼쳐지는 것이다.

　　해 질 무렵 천변 풍경을 내려다보며 한국의 보드카 무심을 들이켜본다. 흐르는 냇물 사이로 지난날의 과오와 회한이 떠내려가고, 어느새 텅 빈 무심이 내 안으로 흘러들었다.

부드럽게 감싸안고 위로하는 존재

─ 안동 맹개마을의 진맥소주

　작가로서의 일상은 단조로운 듯 바쁘게 흘러간다. 혼자서 글만 쓰며 생활하다 보면 건강을 해치기도 쉽다. 그래서 매일 꾸준히 요가를 수련하고 채소를 많이 챙겨 먹는다. 그리고 음주는 주 2회, 두 잔 정도로 제한하려 노력한다. 하루 일과는 주로 새벽에 요가를 하고 차를 마시며 시작한다. 그리고 장을 봐와서 요리를 해 점심식사를 한다. 먹은 것을 치우고 난 오후부터 본격적으로 원고 작업을 하고, 저녁 무렵 영랑호로 산책을 하러 나간다. 밤이면 따듯한 차 또는 좋아하는 술을 두 잔 정도 마시며 책을 읽다가 잠든다. 혼자 생활하는 일상이 자못 단조롭고 무료해 보이지만, 시간은 생각보다 빠르게 흘러 원고 마감을 할 때면 요가도 못 하고 밥도 못 먹은 채 사나흘씩 밤을 새기도 한다. 이런 나에게는 혼자 있는 때가 업무 시간이고, 누군가와 함께 있을 때가 휴가다.

원고를 마감하고 났을 때 서울에서 요가 강사로 일하는 친구 P가 속초로 놀러오기로 했다. 이제는 사는 곳이 멀어져 자주 보지 못하지만, 한때는 같은 요가원에서 매일 함께 수련하며 많은 도움을 준 친구였다. 요가 수련이 너무 버거워 그만두고 싶을 때마다 곁에서 묵묵히 지지해주고 이끌어주는 파수꾼 같은 친구. 인도 마이소르에서 요가를 배울 때에는 바로 옆집에 살며 밥도 같이 지어 먹고 여행도 함께 다니며 많은 추억을 쌓았다. 그런 P가 얼마 전 운전면허를 취득하고 차를 샀다고 했다. 직접 운전해서 속초까지 와보고 싶다고 해서 나도 이틀간 휴가를 만끽하려 친구와 함께 갈 만한 식당, 카페, 주점을 미리 물색해두었다. 상시 일만 하면서 지냈으니 모처럼 속초로 여행 온 기분을 내려고 소호거리에 있는 게스트하우스도 예약했다.

P와는 게스트하우스에서 바로 만났다. 체크인을

하고 방으로 가보니 2층 침대가 두 개 놓여 있었다. 그리고 친구와 나 외에도 투숙객이 한 명 더 있었다. P와 내가 물곰탕으로 저녁식사를 마치고 게스트하우스로 돌아와 쉬고 있을 때, 다른 투숙객이 인사를 건넸다. 그분은 학부를 졸업한 뒤 취직을 앞둔 상태로 모처럼 생각을 정리할 겸 혼자 속초를 여행하고 있었다. P와 나도 저마다 하고 있는 일을 소개했다. 잠시 어색한 침묵이 흐를 즈음, 분위기를 바꿔줄 화제가 등장했다. 바로 맛집 이야기였다.

나는 속초에 있는 맛집을 여러 군데 언급했지만, 정작 혼자 갈 만한 식당이 없어 아쉽다고 말했다. 내가 알아본 곳은 주로 생선회나 게찜, 생선찜을 파는 식당이었다. 그러자 그분은 '혼밥'이 가능한 식당을 미리 알아왔고, 심지어 조금 전에도 '혼술러'를 위한 술집에 다녀왔다고 말했다. 속초에 '혼술집'이 있다니. 도대체 어떤 곳이냐고 묻자 그분은 여행자를 위해 혼자서도 편하게 마실 수 있도록 세심하게 만들어진 술집이라고 대답했다. 당장 가보고 싶었으나 초행길을 운전해 온 친구의 피로감을 생각해 아쉬움을 뒤로하고 잠자리에 들었다.

다음 날 P와 함께 영랑호를 한 바퀴 돌아보고 난 뒤 근처에서 감자옹심이를 한 그릇씩 사 먹었다. 그리고 후식으로 속초 명물 감자떡과 감자젤라또까지 나눠 먹은 뒤 헤어지기로 했다. 서울로 가는 친구를 배웅하고 홀로 숙소로 돌아가는 길, 전날 밤 게스트하우스에서 만난 분이 말한 '혼술집'을 찾아가 보았다. 속초 시외버스 터미널 맞은편 숙박업소가 몰려 있는 골목, 오래된 단층 여인숙을 개조해 만든 술집이었다. 건물 위로 초가지붕을 덮고, 입구 옆 공간에 해먹과 선베드를 놓아 둔 데다가 동남아 휴양지에서나 볼 법한 야외 칵테일바까지 놓여 있었다. 혼술집의 풍경을 보고 있자니 마치 시공간을 뛰어넘어 다른 세계로 빠져든 듯했다. 안으로 들어가 내부를 확인해보고 싶으나 아직 영업 시작 시간이 아니라서 그만 집으로 돌아갔다.

집에 와서 혼술집의 온라인 페이지를 검색하고 메뉴판을 꼼꼼히 살펴보았다. 그곳은 소주와 맥주는 기본이요 위스키, 와인, 우리 술까지 구비하고 있었다. 나는 점심 먹는 것도 잊은 채 저녁 시간이 오기를 기다려 책과 노트북을 들고 나갔다. 행선지는 당연히 낮에 봐둔

혼술집이었다. 밤이 되니 술집 바깥의 선베드와 칵테일 바가 더욱 신비로워 보였다.

문을 열고 안으로 들어가자 레게머리를 한 사장님이 반갑게 맞아주었다. 그가 나에게 던진 첫 질문은 "혼술이세요?"였다. 내가 그렇다고 대답하자 그는 중앙의 널찍한 테이블 뒤쪽 방문을 열어젖혔다. 방 내부가 독서실처럼 꾸며진 공간으로 혼자서 조용히 술을 마실 수 있는 '혼술방'이었다. '혼술방' 외에도 여러 개의 방이 있어 나는 다른 방도 둘러보았다. 두 명이 나란히 앉을 수 있는 테이블이 이어져 있는 방, 서너 명이 모여 앉아 왁자지껄하게 떠들며 놀 수 있는 방, 여관방 분위기를 살려 좌식으로 앉아 술상을 받을 수 있는 방이 줄줄이 나왔다. 나는 비록 '혼술'이긴 하지만 독서실 분위기에서 술을 마시고 싶지는 않았다. 그래서 두 명씩 나란히 앉아 대화를 나누며 술을 마시는 방으로 자리를 잡았다. 소고기육전과 함께 평소 즐겨 마시는 증류식 소주를 한 병 주문하고 소주 잔과 온더록스 잔도 달라고 했다. 그러자 기본 안주와 술이 먼저 나왔다.

매일 집에서 홀로 술잔을 기울여왔는데, 누군가 차

려준 술상을 받으니 마음이 훈훈하게 데워졌다. 나는 곧장 술상 사진을 찍어 소셜미디어에 게재하고 술집 계정을 태그했다. 이내 사장님이 육전 안주를 가져다주며 나에게 혹시 글 쓰는 분이냐고 물었다. 내 소셜미디어 계정에서 소설가라고 써놓은 소개 글을 보았다고 했다. 나는 그렇다고 대답하고 노트북을 펼쳐 원고를 써나가며 소주에 육전을 곁들여 먹었다. 그러는 사이, 사장님이 새로운 증류식 소주 두 병을 가지고 와서 내 자리에 놓아주었다. 보아하니 내가 우리 술을 퍽이나 즐기는 듯하다며, 앞으로 가게에 들일지 고민 중인 술이니 한번 맛보고 평해주면 좋겠다고 말했다. 그렇지 않아도 다양한 우리 술을 맛보고 싶어 하던 나에게 얼마나 단비 같은 제안인지! 나는 당연히 좋다고 대답하며 사장님이 내어 준 소주를 차례로 맛보았다.

그날 혼술집 사장님 덕분에 여러 가지 술을 실컷 맛보고 숙소로 돌아갔는데, 가장 맛있게 마신 술의 향과 맛이 머릿속에서 떠나질 않았다. 화사하게 피어오르는 꽃밭에 푹 잠긴 듯한 향을 머금은 술. 그 향기에 홀려 멍하니 있다가 한참 뒤에 술을 입 속에 넣었을 때 느낀 부드럽고 포근한 질감. 누군가 나를 폭 감싸 안아주며 '괜찮아, 다 괜찮아. 내가 너를 지켜줄게'라고 속삭이는 소리가 귓가에 울려 퍼지는 것만 같았다. 잠자리에 들어 얼핏 꾼 꿈에서 드넓은 밀밭의 풍경이 펼쳐졌던가. 황금빛 밀밭에서 마음껏 뒹굴다가 깨어난 나는 샐린저의 소설 《호밀밭의 파수꾼》 속 한 장면을 떠올렸다.

> "나는 넓은 호밀밭 같은 데서 조그만 어린애들이 재미있게 놀고 있는 것을 항상 눈에 그려 본단 말야. 내가 하는 일은 누구든지 낭떠러지 가에서 떨어질 것 같으면 얼른 가서 붙잡아 주는 거지. 이를테면 호밀밭의 파수꾼이 되는 거야. 바보 같은 짓인 줄은 알고 있어. 그러나 내가 정말 되고 싶은 것은 그것밖에 없어."[4]
> ＿ J.D. 샐린저, 《호밀밭의 파수꾼》 중에서

드넓은 대지에서 내가 다치지 않도록 나를 항상 지켜봐 주는 이. 그렇게 나를 지켜주는 존재가 곁에 있다면 얼마나 행복할까? 그 존재는 어디에 있을까? 누가 나를 이렇게 감싸줄 수 있을까 고민하던 10대에 밤을 지새우며 읽은 소설 《호밀밭의 파수꾼》을 닮은 술. 그 술은 바로 경북 안동 맹개술도가에서 생산하는 '진맥소주'였다.

'진맥'이란 밀의 옛 이름이다. 안동 지역은 찹쌀로 빚은 안동소주가 유명한데 반해, 진맥소주는 맹개마을에서 재배한 통밀로 술을 빚어 소주를 내린다는 점이 독특했다. 진맥소주를 빚는 맹개술도가의 설명에 따르면 밀로 만든 소주는 1540년경 고古조리서 《수운잡방需雲雜方》에 유래가 있다고 한다. 안동 맹개마을에서 매년 10월에 파종해 이듬해 6월에 수확한 통밀을 쪄서 식힌 뒤 밀누룩과 섞어 술 빚기를 세 번 반복하고, 발효한 술을 걸러 증류를 두 번 한다. 그렇게 받은 소주 원액을 1년가량 토굴에서 숙성해 제품으로 완성한다. 한 톨의 밀알이 한 방울의 소주로 떨어지고 병에 담겨 소비자에게 전달되기까지 최소 2년의 시간이 걸리는 것이다.

긴 시간에 걸쳐 이어진 노력과 정성으로 빛을 발하는 진맥소주에 푹 빠진 나는 일단 도수별로 한 병씩 구입했다. 그리고 상 위에 휴대용 버너와 프라이팬을 올리고 얇게 저민 부채살에 밀가루와 계란물을 입혀 한 장씩 구웠다. 육전은 기름이 굳지 않도록 한 장 한 장 구워 먹는 게 제맛이란다. 고소한 냄새를 풍기며 노릇하게 구워진 육전을 잘라 입에 넣고, 22도 진맥소주를 먼저 들이켰다. 꽃밭에 푹 잠기기라도 한 듯한 들꽃향기와 부드러운 질감, 은은한 풍미가 내내 이어졌다. 부추를 썰고 고춧가루와 통깨, 참기름으로만 버무려 함께 먹으니 입속이 황홀할 지경이었다.

22도 진맥소주와 부채살 육전으로 배를 어느 정도 채운 뒤, 40도 진맥소주를 열었다. 뚜껑을 열자마자 화사한 꽃향기와 구수한 곡물향이 동시에 피어올랐다. 소주를 따라 입에 넣고 천천히 음미하니, 구수하면서도 부드러운 통밀빵 같은 질감이 매력적으로 다가왔다. 밀 함량이 높은 버번위스키 메이커스 마크가 떠오르기도 하고, 화사한 향과 부드러운 질감을 가진 밀맥주를 처음 마셨을 때 느낀 충격이 떠오르기도 했다.

연이어 53도 진맥소주를 잔에 따르니 꽃향기가 한층 더 강하게 뿜어져 나왔다. 한 모금 입에 머금자 혀를 찌르는 듯한 알코올 느낌과 불에 타는 듯한 홧홧함이 혀 위에서 춤을 추는 듯했다. '그레인 위스키grain whisky'라

는 표현이 딱 들어맞는, 애주가를 위한 술이라 칭할 법
하다.

53도 진맥소주에 얼음과 탄산수를 섞어 하이볼로
만들어 보았다. 구수한 통곡물 향과 부드러운 질감이
사라지지 않고 내내 살아있는 인상적인 칵테일이 완성
됐다. 고도주인만큼 얼음 또는 물에 섞어 마셔도 좋았
고, 식사용 반주로 마시기보다는 치즈와 크래커 정도의
안주만 곁들여 마시는 것도 어울렸다.

타지 생활에 지치고 외로운 마음을 달래고자 찾아
간 속초의 혼술집. 그곳에서 만난 진맥소주는 아이들이
즐겁게 뛰놀 수 있도록 가만히 자리를 지켜주는 《호밀
밭의 파수꾼》 속 홀든 콜필드처럼 내 마음에 훅 들어와
앉았다. 언제고 P가 다시 속초에 놀러 온다면 함께 마시
고 싶다.

바쁘게 일하는 당신에게 건네는 한 잔
──여유소주로 가지는 여유

러시아의 시골 농부 바흠의 소원은 자신의 땅에서 농사를 지으며 사는 것이다. 마침 그가 빌린 땅의 지주가 땅을 처분하려고 해서 바흠은 빚을 내 조그만 땅을 구입한다. 그는 씨앗을 사다가 땅에 뿌렸고, 그해 농사는 풍년이 들어 빌린 돈을 전부 갚는다. 그러나 이웃 농부들과의 잦은 분쟁과 불화로 소송에 휘말려 마을에서 따돌림을 당하는 처지가 되고 만다. 그때 그의 집에 들른 상인이 그곳에서 멀리 떨어진 바시키르에서는 마을 노인들의 비위만 맞추면 저렴한 가격에 많은 땅을 살 수 있다고 말해준다. 상인의 말을 들은 바흠은 뒷일을 아내에게 맡기고 곧바로 짐을 꾸려 바시키르로 떠난다.

바시키르인들은 강가의 넓은 초원에서 살며 천막을 씌운 마차에서 생활하고, 밭을 갈지도 곡식을 먹지도 않는다. 드넓은 초원에는 가축과 말이 무리를 지어 노닐고, 주민들은 말 젖으로 술을 빚거나 치즈를 만든다. 그들은 그저 술과 차를 마시며 피리를 부는 등 여유롭게 지내고, 하나같이 상냥하고 친절하다.

바흠은 미리 준비해온 선물로 주민들의 환심을 산다. 주민들이 바흠의 선물에 보답하고 싶다고 하자 바흠은 그들의 땅을 가지고 싶다고 대답한다. 다음 날 마을의 촌장이 바흠과 만나 땅은 얼마든지 있으니 하루 동안 걸어 다닌 만큼의 땅을 주겠다고 한다. 다만 바흠이 원하는 지점에서 출발해 해가 저물기 전에 출발지로 돌아와야만 땅을 준다는 조건을 내거다.

그날 밤 바흠은 계속 잠들지 못하고 땅 생각만 한다. 그리고 날이 밝아오자 주민들을 깨우고 초원으로 가 땅을 정할 시간이라며 재촉한다. 주민들은 마유로 만든 술을 마시는 것으로 하루를 시작하며 바흠에게도 대접하지만, 그는 마음이 바빠 한가히 앉아 있지 못한다. 이윽고 바흠이 주민을 이끌고 초원에 도착하자 서서히 날이 밝기 시작한다. 촌장은 바흄에게 이곳에서 출발해 해가 저물기 전에 이곳으로 돌아와야만 걸어온 곳이 당신의 땅이 된다고 신신당부한다. 바흄은 곧장 삽을 들고 출발해 경계를 만들며 앞으로 나아간다. 걷다 보니 자연히 걸음이 빨라진다. 어느새 햇빛이 점점 뜨거워지고 몸이 더워지며 피곤이 몰려온다. 그래도 그는 멈추지 않고 걸으며 생각한다.

'한번의 고통으로 평생을 편하게 사는 거야.'

그는 계속해서 앞으로 나아간다. 정오가 지나 그만 돌아가야 했지만 점점 비옥한 땅이 보여 그냥 지나치기 아쉽다. 땅은 이미 충분하니 더 이상 욕심을 부리지 말자고 생각하면서도 좀체 걸음을 돌리지 못한다. 서서히 해가 저물기 시작하자 바흄은 떠나온 언덕을 향해 올라갔으나 이내 지치고 만다. 땀으로 흠뻑 젖은 바흄의 몸 곳곳에 긁히고 찢긴 상처가 가득하고, 그는 힘이 빠져 더 이상 걸을 수가 없다. 태양이 계속 기울고, 바흄은 너무도 힘들지만 멈추지 못한다. 가도 가도 길의 끝이 보이지 않자 조끼도 장화도 물통도 모자도 벗어던지고 오로지 삽 하나만을 지팡이 삼아 걸어 나간다. 그제야 바흄은 자신의 욕심이 지나쳤다는 사실을 깨닫는다. 하지만 지금 와서 그만둔다면 모두가 자신을 비웃을 것 같아 걸음을 멈출 수도 없다. 끊임없이 앞으로만 나아간 바훔은 과연 얼마만큼의 땅을 가져갔을까?

톨스토이의 소설 〈사람에게는 얼마만큼의 땅이 필요한가〉를 읽으면 하루 종일 죽도록 일하면서 잠시도 여유를 갖지 못하고 사는 인간의 초상이 적나라하게 드러나 보인다. 인간이 불행해지는 이유는 자신과 타인을 비교하는 습관, 그리고 더 많은 것을 가지려고 드는 욕심 때문일 것이다. 그렇게 쉬지 않고 나아가며 욕망을 채운 이후의 삶은 과연 어떠할까?

양촌양조에서 생산하는 '여유소주'를 앞에 두고 있을 때마다 자기 땅을 차지하기 위해 잠시도 쉬지 못하고 앞으로만 나아가는 바훔의 모습이 떠오른다. 그가 만일 여유소주를 한 병 가지고 길을 떠났더라면 어땠을까? 욕심을 좇아 죽도록 나아가던 와중에 아주 잠시라도 여유를 가지고 한 잔 술을 마시며 자신을 돌아볼 수 있지 않았을까?

여유소주는 그저 술병을 바라보고만 있어도 지금

이 순간이 여유롭게 다가온다. 작고 뭉툭한 반투명 유리병에 커다란 흘림체로 '여유'라고 써 있는 레이블을 보는 것만으로 왠지 모르게 마음이 차분해지는 까닭이다.

여유소주는 논산시 양촌 지역의 햇빛을 받고 자란 지역 쌀로 빚어진다. 오랜 기간 숙성한 덕분인지 뚜껑을 열자마자 농익은 과일향이 화사하게 피어오르고, 놀라울 정도로 부드러운 질감 또한 잘 느껴진다. 한번 맛을 보면 바나나우유와 같은 은은한 단맛에 산뜻하면서도 깔끔한 맛이 이어져 정말 술술 들어간다. 증류식 소주임에도 마치 일본의 사케와 같은 향긋함까지 품고 있어 신선한 생선회와 궁합 또한 좋다. 특히 겨울철 지방이 잘 오른 방어회 한 점 입에 넣고 여유소주를 한 잔 들이켜면 이 세상을 다 가지기라도 한 것 같은 풍족함이 차오른다. 과일이 떠오르는 향긋함과 부드러운 질감 그리고 깔끔한 술맛 덕분에 여름날에는 얼음과 탄산수를 섞어 하이볼로 마시기도 좋다.

따스한 햇빛과 맑은 물 그리고 여유 한 조각을 담아낸 이 술을 쉬지 않고 일한 바흠에게 한 잔 건네고 싶다. 힘겨운 노동 중에 여유소주 한 잔으로 목을 축이는 여유를 가질 수만 있었더라면, 그에게 주어진 토지의 양 또한 달라지지 않았을까? 우리네 삶을 풍성하게 채우는 것은 비단 토지만이 아니라, 술 한 잔이 가져다주는 여유로운 순간일 테니 말이다.

새하얀 도화지에 무엇을 그릴까?

—— 지리산에 어린 꽃잠

전통주 소믈리에로 일하는 친구 Y가 경남 함양에 있는 지리산 옛술도가를 다녀와 놀라운 이야기를 전해 주었다. 이곳은 막걸리 '꽃잠'을 생산하는 곳으로 유명한데, 술도가 대표에게 직접 들은 이야기라고 한다. 평소 막걸리를 즐기던 분이 당뇨가 심해져 금주하던 중, '꽃잠'은 괜찮을 거라는 지인의 추천을 받아 속는 셈 치고 마셔본 뒤 혈당을 재보았다고 한다. 놀랍게도 '꽃잠'을 마신 뒤에는 혈당에 변화가 없었고, 그 덕에 일생의 낙이었던 막걸리를 다시 마실 수 있게 되었다며 술도가로 감사의 전화를 걸어왔다는 것이다.

독특한 일화 덕분에 한껏 부풀어 오른 기대감을 안

고 막걸리 좋아하는 친구 J와 마주 앉아 꽃잠을 맛보려 뚜껑을 열었다. 그 순간, 강한 탄산과 함께 술병 아래쪽 침전물이 훅 솟아올랐다. 넘치기 일보 직전에 뚜껑을 다시 돌려 닫고 기다리기를 서너 번 반복해 천천히 열었다. 발효 중에 발생하는 이산화탄소를 그대로 가두어 병입한 막걸리 종류는 병을 45도로 기울여 뚜껑을 아주 조금씩 열어 탄산을 빼주어야 했다.

공들여 개봉한 '꽃잠'을 잔에 따라 한 모금 맛보았다. 강한 산도와 탄산 그리고 묽은 탁도가 존재감을 뽐냈다. 평소 당도와 탁도가 높은 막걸리를 선호하다 보니 처음에는 이게 도대체 무슨 맛인가 싶었다. 막걸리라기에는 너무도 밋밋한 맛과 가벼운 질감을 맛있게 받아들이기 어려웠다. 마치 탄산수에 막걸리를 섞은 듯한, '무미'에 가까운 슴슴한 맛이 났다. 어떻게 이런 술이 수많은 애주가의 입맛을 사로잡았을까. 그래도 친구가 추천해준 술이니 조금씩 더 맛보며 숨은 맛을 찾아보려 노력했다. 하지만 마시면 마실수록 정말이지 무미 그 자체였다. 아무리 무감미료 탁주라지만, 다른 무감미료 탁주에는 저마다의 단맛과 신맛, 구수한 맛 등이 자리를 잡고 있었다. 그렇다면 꽃잠은 단양주*라서 이 토록 싱거운 걸까? 마시면 마실수록 실망스러운 마음을 주체할 수 없었는데, 함께 맛본 친구가 반갑게 외쳤다. "이거, 내가 어렸을 때 우리 할머니가 만들어주던 단술 같다!" 어릴 때 집에서 단술 빚는 할머니가 없었던 나로 서는 그 맛이 정확히 무엇인지 알 수 없으나, 쌀, 물, 누 룩만 만으로 집에서 단양주를 빚는다면 딱 이런 맛이 나올 만했다.

꽃잠은 조금씩 홀짝이기보다는 쌀밥을 한 수저 듬 뿍 떠서 입 안 가득 채우고 씹듯이 커다란 잔에 따라 벌 컥벌컥 마시는 게 좋다고 한다. 그래야 쌀막걸리 본연 의 맛을 제대로 느낄 수 있다는 것이다. 그 '본연의 맛' 은 과연 무엇일까? 나에게는 꽃잠 막걸리가 마치 새하 얀 도화지처럼 다가왔다. 새콤달콤한 회무침, 달고 짜 고 매콤한 고기볶음, 기름진 전과 함께 먹으면 새하얀 도화지 위로 다채롭고 풍성한 그림이 완성되리라 싶었 다. 대신 나는 막걸리를 따라놓은 잔에 벌꿀을 한 수저

---

* 쌀, 물, 누룩을 버무려 한 번에 빚은 술.

넣어보았다. 그러자 마치 흰쌀죽에 간을 치기라도 한 것처럼 막걸리의 풍부한 쌀맛이 훅 뿜어져 나왔다.

남은 술을 냉장고에 두고 하루에 한두 잔씩 따라서 맛보았다. 꽃잠의 맛은 매일 달라졌다. 저온에서 오래 보관할수록 톡 쏘는 산미가 줄어들고 은은하게 올라오는 곡향과 단맛이 살아나는 게 바로 '꽃잠'의 매력이라는 사실을 하루하루 알아갈 수 있었다.

사람의 손으로 직접 빚는 막걸리는 날씨와 환경에 따라 맛이 달라질 수밖에 없다. 봄에 빚은 꽃잠과 가을에 빚은 꽃잠, 어제 빚은 꽃잠과 오늘 빚은 꽃잠이 다를 수밖에 없는 이유란다. 이토록 다양한 맛을 가진 꽃잠은 마시면 마실수록 빠져드는 마성의 매력을 지니고 있었다.

설탕이 귀하던 시절에는 멥쌀에 누룩을 넣어 빚은 단양주만으로 단맛을 충분히 느꼈으리라. 그런 과거의 맛을 재현한 탁주가 바로 꽃잠이 아닐까? 꽃잠을 입안 가득 머금고 꿀떡꿀떡 넘기니 쌀이 주는 풍성하고 다양한 맛에 눈이 떠졌다. 이것이 진짜 우리의 술이구나. 오래전 우리 삶을 달래주던 탁주가 이런 맛이었겠구나 싶어 왠지 모르게 아득한 감상에 빠지고 말았다.

입안 가득 차오르는 꽃잠을 죽 들이켠 한낮. 창밖으로 새어드는 햇살을 맞으니 산골마을 집 마당 위 평상에 앉아 막걸리를 마시는 듯한 환영이 일었다. '꽃잠'은 '깊이 든 잠'이기도 하면서, 신랑 신부가 처음으로 함께 자는 잠을 뜻하기도 한다. 꽃잠을 마시며 꽃잠에 빠지고 싶은 오후였다.

술 한 잔에 깃든 추억과 사랑과 시
——강원도 홍천에서 술 헤는 밤

죽는 날까지 하늘을 우러러

한 점 부끄럼이 없기를,

잎새에 이는 바람에도

나는 괴로워했다.

별을 노래하는 마음으로

모든 죽어가는 것을 사랑해야지

그리고 나한테 주어진 길을 걸어가야겠다.

오늘 밤에도 별이 바람에 스치운다.

__ 윤동주, 〈서시〉

동주의 시를 처음 읽는 순간에는 온몸에 전율이 일었다. 사람마다 처음 마주한 동주의 작품에는 차이가 있겠으나, 짐작건대 많은 이들이 〈서시〉를 가장 먼저 읽지 않았을까 싶다. '서시序詩'의 뜻이 무엇인지도 모르던 열세 살, 나는 '잎새에 이는 바람에도 괴로워'하는 시인의 내면을 읽으며 밤새 눈물을 떨구었다.

어린 시절부터 나는 주변 사람이나 환경의 자그마한 변화에도 극도로 민감하게 반응하는 아이였다. 어머니의 목소리 톤이 조금만 차가워지거나 나를 대하는 친구의 태도가 조금만 쌀쌀해져도 홀로 오만가지 상상을 하며 괴로워했다. 예민한 성격은 타고나는 것일까? 왜 이토록 매사에 기민하게 반응하고 행동하는지 스스로도 알지 못했다. 어쩌다 친구들에게 이런 이야길 하면 돌아오는 소리는 하나뿐이었다. 왜 스스로 스트레스를 만들며 피곤하게 사느냐고. 그때마다 내가 친구들과 다른가 싶어 친구들 틈에 섞이길 망설였고, 나에게 공감해주는 친구를 찾아볼 수 없어 외로웠다. 그러다 보니 친구들과 함께 있는 것보다 혼자서 책을 읽거나 글을 쓰는 게 마음 편하고 좋았다. 그 무렵 읽은 윤동주의 시집 첫 페이지에서 마주한 〈서시〉는 어린 내 마음에 돌풍을 일으켰다. 시인의 성정은 얼마나 예민하기에 '잎새에 이는 바람에도 괴로워'하는가? 자그마한 잎새에 이는 바람을 기민하게 발견한 이만이 이러한 시를 쓸 수 있을 터. 자그마한 잎새와, 자그마한 잎새에 이는 바람을 바라보고 또 바라보다 글로 써내는 시인의 모습에 감화되어 밤을 지새워 눈물을 떨구며 시집을 읽어나갔다.

어머님, 나는 별 하나에 아름다운 말 한마디씩 불러봅니다. 소학교 때 책상을 같이했던 아이들의 이름과, 패(佩), 경(鏡), 옥(玉) 이런 이국 소녀들의 이름과, 벌써 아기 어머니가 된 계집애들의 이름과, 가난한 이웃 사람들의 이름과, 비둘기, 강아지, 토끼, 노새, 노루, '프랑시스 잠', '라이너 마리아 릴케' 이런 시인들의 이름을 불러봅니다.

이네들은 너무나 멀리 있습니다.
별이 아스라이 멀듯이,

어머님,

그리고 당신은 멀리 북간도에 계십니다.

— 윤동주, 〈별 헤는 밤〉 중에서

나는 윤동주 시인처럼 소학교를 다닌 적도, 어머니가 멀리 북간도에 가 계신 적도 당연히 없다. 게다가 서울 하늘 아래서 자랐으니 오래도록 별을 바라볼 수 있는 밤하늘을 마주하지도 못했다. 그럼에도 불구하고 아스라이 떠오르는 동주의 시어는 내 마음에 별빛 은하수로 한 땀 한 땀 수놓아졌다.

누군가에게 딱히 말하지 못하고 오래도록 가슴속에만 새겨둔 동주의 시어들이 어느 날 한 잔 술에 밀물처럼 흘러들었다. 바로 두루양조장의 '술 헤는 밤' 막걸리를 마실 때였다.

대한민국 국민이라면 술 헤는 밤을 보고 윤동주의 시 〈별 헤는 밤〉을 연상할 수밖에 없을 터. 동주의 시를 사랑하는 사람이라면 자연히 손이 갈 것이다. 술 헤는 밤을 빚는 두루양조장은 강원도 홍천에 자리해 있고, '빠짐없이 골고루'라는 의미를 가진 우리말 '두루'의 뜻처럼 모두가 행복한 술을 빚기 위해 노력하고 있다. (별 헤는 밤)에 묘사된 내용처럼 별 하나에 담긴 추억과 사랑을 담아내기 위해 노력한 술이 바로 술 헤는 밤 막걸리다.

나는 묵직하게 가라앉은 술 헤는 밤을 뒤섞지 않고 윗부분의 맑은 술만 따라서 마셔보았다. 시인의 맑은 마음처럼 향기롭고 단정한 술이 입안에 머물렀다. 일체의 감미료를 사용하지 않고 빚었다는 술이 어떻게 이토록 감미롭게 입에 착 감길 수 있을까? 양조장의 설명에 따르면 홍천강 원류의 깨끗하고 좋은 물과 직접 디딘 전통 누룩으로 술을 빚는 것이 비법이란다.

맑은 술을 한 잔 더 입에 머금었다가 삼킨 뒤 조심스레 윗술과 아랫술을 섞었다. 술이 섞이는 모습만 봐도 부드러우면서 묵직한 술맛이 연상돼 기대감이 들었다. 역시나 꾸덕하게 흘러나오는 탁주를 작은 잔에 따르자, 시인의 언덕 위에 피어난 들풀 같은 향이 맴돌았다. 은은하게 번져오는 향 뒤로 활짝 피어오르는 미소 같은 술이 요거트처럼 부드럽게 넘어갔다. 은은하면서도 감미로운 탁주의 맛이 입안을 싸악 감싸고 돌았다.

텁텁하거나 독한 맛은 없이 담백하고도 진한 여운이 오래도록 가슴에 남았다.

　가슴속에 이는 술을 다 헤일 듯하다가도, 하나 둘 새겨지는 술을 이제 다 못 헤는 것은 쉬이 아침이 오는 까닭일까? 술 한 잔에 이국 소녀들의 이름, 프랑시스 잠, 라이너 마리아 릴케, 이런 시인의 이름을 가만히 불러본다. 동주의 시를 천천히 외우며, 술 한 잔, 술 두 잔……. 술을 헤아려보는 밤. 한 톨의 쌀이 물에 불어나고, 불에 익고, 발효되고, 숙성되어가는 시간 속에, 어린아이 같이 희고 여리고 순하던 맛이 어른처럼 성장해 한 잔의 농익은 술로 내 앞에 놓였는가? 술 한 잔, 술 두 잔과 함께 어리고 예민하던 나의 마음도 시간의 흐름 속에서 조금쯤 무르익고, 무뎌졌을까? 밤이 차오르고, 술과 함께 별빛 은하수가 흘러갔다.

도자기길에서 읽는(讀) 독과 독毒
—— 담을술공방의 주향소주

　　한평생 가마에서 독을 굽다가 생의 막바지에 이르러 뜨거운 가마 속으로 기어들어가 독으로 남아버린 인간의 신화적인 이야기를 담은 소설 〈독 짓는 늙은이〉. 그 안에는 자신과 아이를 내팽개치고 조수와 함께 도망간 아내를 저주하고, 친구 왱손이와 앵두나뭇집 할머니 그리고 아들에게까지 화를 참지 못하고 성질을 부리는 송영감이 있다. 그의 독한 모습 너머 누구보다 아내와 아이를 사랑하면서도 그저 떠나보낼 수밖에 없는 여리고 비통한 내면이 오롯이 드러나 보이는 〈독 짓는 늙은이〉를 읽을 때마다 송영감은 어떤 사람일까 궁금했다. 그런데 소설만 읽어서는 선뜻 떠오르지 않는 그의 모습

79

이, 담을술공방의 이윤 대표를 마주했을 때 비로소 완성되는 듯했다. 우리 술 숙성에 적합한 옹기를 빚는 데 한평생 고집스럽게 매달려온 그의 모습에 송영감이 겹쳐 보였다.

충북 충주 도자기길에 위치한 담을술공방에서 주향소주를 처음 맛보았을 때, 맑은 술잔 너머 나我의 모습이 비치는 듯했다. 술잔의 내벽을 타고 흐르는 향이 마치 꽃다발에서 뿜어져 나오는 것마냥 화사하게 번져나가면서도, 그 너머의 맛은 침착하고 깊은 울림으로 입안을 가득 채웠다. 목구멍을 타고 넘어가는 소주의 질감 속에서 마치 인간의 외양과 내면이 동시에 드러나 보이는 것만 같았다.

뜨겁고도 독하게 입과 혀를 치고 들어오는 주향소주는 마시면 마실수록 향긋하고 부드러워지는 특장을 지니고 있다. 아내가 술을 빚고 남편이 독을 빚는 담을술공방의 이윤 대표는 옹기가 증류식 소주의 거친 맛을 부드럽게 융화시킨다고 말한다.

이곳의 옹기는 도예가인 이윤 대표가 직접 만들고 굽는다. 시중에서 파는 옹기는 표면의 유약으로 인해

소주가 숨을 쉬지 못하므로 제대로 된 숙성이 이루어질 수 없다. 그렇다고 해서 유약을 바르지 않은 옹기를 쓰면 숨구멍으로 술이 새어나온다. 한국의 쌀소주를 숙성하기에 적합한 옹기를 굽기 위해 이들 부부가 들인 세월만 20여 년. 술 빚는 일보다 옹기 빚는 일에 정성을 더 쏟아온 고집스러움이 〈독 짓는 늙은이〉 속 송영감을 떠올리게 하는 한편, 옹기에 숙성한 소주의 달큰한 풍미와 부드러운 질감은 그의 여리고 정 많은 내면을 떠올리게 한다.

담을술공방을 찾았을 때 가장 먼저 눈길을 사로잡는 것은 공방의 한쪽 벽을 가득 채운 옹기였다. 술도가보다는 도예지에 가까운 공간인 동시에, 소주를 숙성 중인 옹기에서 피어오르는 맑고 고운 향기가 가득 찬 공간이었다. 이윤 대표가 가장 먼저 들려준 이야기 또한 술이 아닌 독에 대한 내용이었다.

"저희는 옹기 숙성한 술을 출시합니다. 외국에서는 할 수 없는 방법이죠. 옹기는 우리나라에만 있으니까요. 옹기 숙성을 통해 알코올의 찌르는 듯한 맛을 줄여 도수는 있되 부드러운 술이 완성됩니다."

이윤 대표는 옹기 숙성의 장점을 설명해주며 직접 생산한 주향소주를 도수별로 나누어 잔에 따라 주었다. 나는 우선 에탄올 함량이 25퍼센트인 주향소주25부터 맛을 보았다. 맑고 향긋하면서도 부드러운 소주 속 어딘가 푸르른 풀잎이 한 장 떠다니는 듯한 인상이 들었다.

"저희 술은 기본적으로 3년간 숙성한 뒤 출시하고 있지만, 가볍게 마실 수 있는 낮은 도수의 술도 나오면 좋겠다는 고객 의견을 반영해 25도의 소주를 내놓게 됐습니다. 이 술의 경우 6개월 동안 옹기에서 숙성하고 있습니다."

고도수 증류주의 뜨겁고도 깊은 풍미는 느껴지지 않지만, 목넘김이 부드러우면서 맑고 깨끗한 질감과 함께 쌀소주 본연의 달고 깔끔한 맛이 잘 살아난 술이었다. 에탄올 함량 20퍼센트 내외인 증류식 소주는 가수加水량*이 많아 증류주 원액의 풍미가 사라지는 경우가 왕왕 있는데, 주향소주25의 경우 증류주 본연의 맛과 향이

---

*   술을 담그는 과정에서 알코올 도수를 낮추기 위해 술에 섞는 물의 양.

느껴지면서도 마시기는 편안한 질감이 인상적이었다.

다음으로 주향소주41을 맛보았다. 주향소주25에서 느낀 향긋함과 부드러움을 뚫고 나오는 향과 맛이 마치 잘 곤 조청처럼 다달하게 다가왔다. 그러면서도 쨍하게 코끝을 치고 목울대를 쓸어내리는 증류주 특유의 개성이 느껴졌다. 뒤이어 가슴을 쓸어내리는 깊고 화려한 고도주의 맛이 펼쳐졌다.

"저희 술의 숙성에서 가장 중요한 것은 통기성입니다. 옹기가 어느 정도의 통기성을 가져서 외부 환경과 교감을 갖추는 과정을 중요시합니다."

이윤 대표의 설명을 들으며 뒤이어 맛본 주향소주55는 보다 화려하고 다채로운 향으로 코끝을 사로잡았다. 마치 백주와 같은 빼어난 향에 정신이 먼저 아득해졌다. 한 모금씩 음미해 보니 입안을 얼얼하게 만들 정도로 뜨거운 타격감과 함께 꽃망울이 입에서 터지기라도 하는 듯 엄청난 꽃향기가 차올랐다. 꽃이 이내 과실이 되어 입안에 맺히고, 목울대를 넘어 가슴과 아랫배를 쓸고 내려가며 안쪽 깊숙이 뿌리를 내리는 느낌이었다. 우리나라에 이렇게 멋진 술이 있다니, 좋은 술을 모르고 살아온 세월이 아까워 눈물이 다 날 지경이었다.

"옹기는 우리나라에서만 만드는 그릇이고, 조상의 숨결과 지혜가 담겨 있습니다. 된장과 고추장을 담글 때도 옹기의 숨 쉬는 기능을 활용해 왔는데, 술을 가지고 숙성을 할 때는 새로운 형태의 옹기가 필요했습니다. 술 숙성 옹기를 개발할 때 가진 첫째 조건이 유약을 바르지 않고도 술이 새지 않아야 한다는 것이었습니다. 어떤 흙으로 어떻게 빚어서 어떤 방법으로 구워야 술이 새지 않으면서도 통기성을 가질 수 있는지 연구하느라 4년 정도의 시간이 걸렸습니다. 물론 도공으로 30년가량 살아오다 보니 술 숙성 옹기를 개발하기 전부터 어떻게 만들지에 대한 설계는 나와 있었습니다. 그러나 문제는 현실화였습니다. 한 가지 흙으로는 제가 원하는 옹기가 나올 수 없었기에 여러 가지 흙을 골고루 섞어 옹기를 만들어보면서 데이터를 계속 잡아가는 거죠. 그때마다 3개월간 옹기에 물을 담아놓고 기다렸습니다. 아 이거 아닌가 보네, 하며 없애고, 다시 만들고, 그렇게 4년 정도 시간이 흘렀습니다.

옹기 숙성을 거친 술을 맛보면 우리가 일반적으로

가지고 있던 술에 대한 개념 자체가 완전히 달라집니다. 물론 숙성을 한 술도 호불호가 갈리긴 합니다. 강렬한 알코올 느낌의 술이 좋다고 한다면 숙성할 필요는 없고, 부드럽고 깊은 느낌의 술을 맛보고 싶다면 장기간 숙성한 술을 마시는 게 좋다고 생각합니다."

독하고 투명한 소주 한 모금에 오랜 세월 옹기를 빚고 술을 담가온 이들 부부의 모습이 오롯이 드러나 보였다. 장인을 볼 때마다 무엇을 위하여 한 가지 일에 매진하는가 궁금했는데, 그것만이 자신에게 주어진 삶을 충실히 이어가는 방법임을 아는 현자가 아닐까 싶었다.

주향소주의 뜨겁고도 긴 여운을 몸속 가득 품은 채 술 공방에서 나와 도자기길을 걸어보았다. 이제껏 〈독 짓는 늙은이〉 속 '독'을 송영감이 굽는 옹기로만 읽어왔는데, 독에서 오랜 기간 숙성된 술을 맛보고 나니 독은 어쩌면 송영감 내면에서 자라난 독毒이 아닐까 싶었다. 한평생 가마에서 고집스레 독을 구우며 그의 내면에 차곡차곡 쌓여왔을 독. 송영감의 독에 치여 아내가 떠나고, 아들이 떠나고, 자기 자신마저 떠나야 하는 순간에 그는 가마로 기어가 독毒을 독으로 완성한 게 아니었을

까? 송영감과 함께 독하면서도 부드러운 주향소주를 맛
보며 마음의 독을 한 번쯤 풀어놓고 싶다.

2부

시인의
눈물방울을
닮은 맛

내가 바라는 손님

──264 청포도 와인

중학교에 입학하고 한국 시와 사랑에 빠졌다. 감성 충만한 중학생이던 나는 영랑의 〈돌담에 속삭이는 햇발〉, 소월의 〈엄마야 누나야〉, 동주의 〈서시〉, 목월의 〈나그네〉와 같이 교과서에 실린 시를 읽으며 가슴이 부풀어 오르기도 하고, 눈물이 떨어지기도 해서 정작 수업에는 제대로 집중하지 못하는 아이였다. 고등학생이 되어 수능 모의고사를 보던 중 언어영역 지문으로 나온 만해의 〈나룻배와 행인〉을 읽고 가슴이 뛰어 문제를 풀지 못한 경험도 있다. 나는 어떤 시든 깊이 공감하고 빠져들어 헤어나오기 어려운 경향이 있었는데, 오직 단한 사람, 이육사 시인의 작품에는 공감하기 어려웠다.

독립운동을 하다 수감되어 받은 수인번호로 필명을 지었다는 일화를 들었을 적부터 그의 강인하고 올곧은 성품에 어쩐지 주눅이 드는 기분이었다. 교과서에서 읽은 〈광야〉, 〈절정〉은 너무 강인한 남성적 어조로 전개되어 부담스럽기까지 했다. 이육사 이전에 읽은 시는 대부분 여성적이면서도 아름다운 세계를 노래한다고 느꼈는데, 돌직구와 같이 다가오는 육사의 시어는 오히려 내 마음에 철벽을 치게 했다. 딱 한 편, 〈청포도〉만큼은 시에서 묘사하는 세계가 선명하면서도 운율감 있게 그려져 마음에 와닿았으나, 도무지 시 속의 청포도 맛을 알 길이 없어 답답했다. 내가 자라던 90년대에는 청포도가 흔하지 않았기 때문이다. 어머니께 청포도의 맛을 물으니 시고 떫어서 맛이 없다고만 했다. 그래서 나도 굳이 청포도를 먹어보고 싶지 않았고, 육사는 왜 그런 맛없는 청포도로 시를 썼을지 궁금한 마음만 오래도록 남았다.

그런 육사의 시 〈청포도〉의 이름을 따서 지은 한국 와인이 있다. 바로 '264 청포도 와인'으로, 이육사 시인의 고향인 경북 안동에서 재배한 청수포도로 빚은 화이트와인이다. 청수포도는 우리나라의 기후와 풍토에서 잘 자라도록 개발한 청포도 품종이다. 육사의 고향인 안동시 도산면은 여름철 굉장히 덥고, 겨울철 강추위가 기승을 부리는 지역으로 유명하다. 화강암이 부서져 생성된 척박한 마사토 토양에서 혹독한 기후를 극복하고 자라난 청수포도로 빚었다는 와인의 맛이 궁금하지 않을 수 없었다. 그 맛이 바로 육사가 노래한 '청포도'의 맛일까?

264 청포도 와인은 드라이, 미디엄 드라이, 미디엄 스위트로 분류되어 있고, 각각 '광야', '절정', '꽃'이라는 이름이 붙어 있다. 모두 이육사의 시 제목에서 따와 작품의 의미를 술에 담았다.

나는 너무 드라이하거나 달콤한 맛의 와인보다는 적당한 균형감을 갖춘 와인을 선호하기에, 미디엄 드라이 와인 '절정'을 먼저 맛보기로 했다. 와인병에서 코르크 마개를 빼낸 순간부터 달콤한 청포도 향이 사방으로 번져 나왔다. 와인잔에 따라 시향을 해보니 더욱 다채로운 향기가 코와 입에 한가득 어렸다. 산뜻한 청포도, 새콤한 풋사과 등 수많은 과일이 커다란 바구니에 모여 향을 발하는 듯했다. 이제껏 접해본 와인 중 이처럼 다양한 과실의 향이 진하게 배어나오며 먹음직스러운 인상을 주는 술이 없었기에 기대감이 고조됐다.

드디어 와인의 맛을 본 순간, 나도 모르게 소스라치듯 놀랐다. 새콤달콤하면서도 산뜻하게 이어지는 과실의 향을 뚫고 반전으로 느낄 정도로 달지 않은 드라이한 맛이 났다. 살짝 떫다 싶을 정도로 드라이한 가운데 은은한 산미가 입안을 채우며 산뜻한 풍미가 이어졌다. 향은 매우 달콤한데, 맛은 전혀 달지 않은 술.

매운 계절의 챗죽에 갈겨
마침내 북방으로 휩쓸려 오다

하늘도 그만 지쳐 끝난 고원
서릿발 칼날진 그 위에 서다

어데다 무릎을 꿇어야 하나
한 발 재겨 디딜 곳조차 없다

이러매 눈 감아 생각해 볼밖에

겨울은 강철로 된 무지갠가 보다

___ 이육사, 〈절정〉

'절정'의 맛은 마음 시리는 시 〈절정〉의 첫 구절에서 영감을 얻었다고 한다. 달콤함이 피어오르는 향과 대비되는 드라이한 매력에 빠져 술을 계속 들이켜게 됐다. 마치 강철로 된 무지개처럼, 단단하면서도 다채로운 맛에 흠뻑 빠지고 말았다. 알리오올리오, 봉골레 파스타, 해산물 감바스와 같이 기름기가 있지만 무겁지 않고 산뜻한 음식과 궁합이 저절로 연상되었다.

까마득한 날에

하늘이 처음 열리고

어데 닭 우는 소리 들렸으랴

모든 산맥들이

바다를 연모해 휘달릴 때도

차마 이곳을 범하던 못 하였으리라

92

끊임없는 광음을

부지런한 계절이 피여선 지고

큰 강물이 비로소 길을 열었다

지금 눈 나리고

매화 향기 홀로 아득하니

내 여기 가난한 노래의 씨를 뿌려라

다시 천고의 뒤에

백마 타고 오는 초인이 있어

이 광야에서 목놓아 부르게 하리라

＿ 이육사, 〈광야〉

'절정' 와인을 마시고 난 뒤 '꽃'과 '광야' 와인도 마
셔 보았다. '광야' 와인은 레이블에도 'Dry'라고 적혀 있
어 과연 얼마나 드라이한 맛을 보여줄지 기대가 됐다.
앞서 맛본 '절정' 와인과 향기의 결은 비슷한데, 그처럼
화사하고 달콤한 향이 뿜어져 나오지는 않았다. 그저
은은하게 이어지는 새콤한 향이 인상적이었다. 맛에서

도 역시 단맛은 없이 산뜻한 풍미로만 입안을 가득 채웠다. 메마른 광야에서 강물이 길을 열고 매화 향기가 홀로 아득하게 피어나는 것처럼, 드라이한 가운데 산뜻하면서도 새콤한 향과 맛이 입안을 채우는 신비로운 술이다. '내 여기 가난한 노래의 씨를 뿌려라'라는 시구처럼 메마른 광야가 마치 드라이함의 은유인 것만 같고, 그곳에 뿌려진 가난한 노래의 씨앗에서 나오는 청수포도의 은은한 맛과 향에 더욱 집중하게 되는 마력이 있었다.

마지막으로 맛본 '꽃' 와인은 매우 감미로웠다. 미디엄 스위트 와인이니 '절정'이나 '광야'보다 단맛이 강할 것이라 예상했는데, 향에서는 달콤함이 거의 느껴지지 않았다. '광야'와 '절정'에서 느낀 새콤하고 산뜻한 과실향조차 없었다. 그러나 술이 혀끝에 닿는 순간 입안을 감싸는 단맛에 눈이 번쩍 뜨였다. 드라이, 미디엄 드라이 와인을 마시며 닫혀 있던 혀끝의 모든 감각이 훅 살아나는 느낌. 내 혀가 단맛에 이토록 크게 반응한다는 사실을 '꽃' 와인을 마시며 비로소 알아차릴 수 있었다. 이육사의 시 〈꽃〉에 등장하는, 빨갛게 핀 꽃의 향기를 와인 한 병에 오롯이 담으려 했다는 의도가 이해됐다.

> 동방은 하늘도 다 끝나고
> 비 한 방울 나리잖는 그때에도
> 오히려 꽃은 빨갛게 피지 않는가
> 내 목숨을 꾸며 쉬임 없는 날이여
> ＿ 이육사, 〈꽃〉 중에서

육사의 시를 읊으며 '꽃' 와인을 마시니 청포도인 청수포도보다는 적포도인 캠벨의 달고 묵직한 맛이 입 안 가득 차오르는 것만 같았다.

264 청포도 와인을 모두 맛보고 나자, 어린 시절에 읽은 육사의 시가 새로이 다가왔다. 시고 푸른 포도알이 포도송이에 '주절이주절이' 열리는 때, 고달픈 몸으로 청포를 입고 찾아오는 손님이 마침내 지금 여기 내 앞에 당도한 것만 같았다.

> 내 고장 칠월은
> 청포도가 익어가는 시절

이 마을 전설이 주절이주절이 열리고
먼 데 하늘이 꿈꾸며 알알이 들어와 박혀

하늘 밑 푸른 바다가 가슴을 열고
흰 돛단배가 곱게 밀려서 오면

내가 바라는 손님은 고달픈 몸으로
청포를 입고 찾아온다고 했으니

내 그를 맞아 이 포도를 따 먹으면
두 손은 흠뻑 적셔도 좋으련

아이야 우리 식탁엔 은쟁반에
하이얀 모시수건을 마련해 두렴
__ 이육사, (청포도)

달콤 쌉싸름한 막걸리
── 청년 양조인의 팔팔 막걸리

어린 시절을 생각하면 가장 먼저 88 올림픽이 떠오른다. 그때 나는 여섯 살이었고, 최초의 기억이 막 형성되는 무렵이었다. 그래서 내가 기억하는 최초의 대통령 또한 노태우였다. 흑백 텔레비전 속 세계가 신비로워 가만히 들여다보고 있기를 좋아하던 내가 자주 마주한 얼굴이었다. 88 올림픽 개막식에서 보았던 굴렁쇠 소년과 상모를 쓰고 활짝 웃던 호돌이도 잊을 수 없다.

'팔팔막걸리'를 처음 보았을 때, 어린 시절 기억 탓인지 1988년도와 88 올림픽이 먼저 떠올랐다. 그래서 팔팔막걸리를 생산하는 양조장이 1988년도에 지어졌거나 대표가 88 올림픽과 관련 있는 사람인가 싶었다.

그도 아니라면 1988년도에 대한 추억이나 향수를 잔뜩 간직한 사람이 아닐까? 팔팔막걸리의 내막은 나중에 우리 술 양조인을 소개하는 유튜브 채널 '우리술스타'를 보며 알게 되었다. 양조장을 세운 두 명의 대표 모두 1988년생이라서 '팔팔막걸리'라는 술을 만들었다고 한다.

　　스무 살 무렵부터 소설을 쓰기 시작해 스물여덟 살에 등단한 나는 습작기에나 등단 이후에나 늘 나이 어린 소설가였다. 갓 등단했을 적 문단에 내 또래 작가가 있기는 했으나 소수였고, 출판사 작가 모임이나 송년회, 문학상 시상식 자리에서는 언제나 선배 작가들하고 자리했다. 10여 년간 작가로 일해오며 나보다 나이 어린 동료를 거의 만나지 못하다 보니 나는 여전히 젊다는 인식이 있었다. 한데 우리 술을 알아가며 마주한 주류업계 종사자 대부분 상상 이상으로 젊어 쉬이 적응이 되질 않았다. 우리 술 업계에서 이미 자리를 잡은 양조장이나 도매업, 주점의 대표나 실장님들은 대부분 20대에서 30대 청년이었다. 동료 작가들 사이에서 20대 소설가를 마주하면 막냇동생 같은 인상을 받곤 했는데, 주류업계 청년들은 내가 해온 것과는 다른 공부를 하고

98

경력을 쌓아와서인지 나보다 훨씬 어른스러워 보였다.

　1988년생이라는 팔팔양조장 대표 또한 젊은 나이
에 취미로 술을 빚기 시작해 양조장에 취직했다가 창업
까지 한 청년 사업가였다. 하지만 말이 좋아 청년 사업
가지, 자동화 공정이 없는 소규모 양조장을 운영하며
밤낮없이 손수 술을 빚느라 어마어마한 양의 노동을 감
당하고 있었다. 그렇게 밤잠 못 자고 일하면서도 술 빚
기에 대한 열정과 진심이 느껴져 인상적이었다.

　그 진심에 이끌려 팔팔막걸리의 뚜껑을 열었을 때,
화사한 돌배향이 피어올랐다. 잘 빚은 술에서는 대개
과일향이 난다고 하지만, 이 정도로 배향이 가득 차오
르는 탁주는 처음이었다. 술을 잔에 따른 뒤 한 모금 머
금고 천천히 혀를 굴려보니 과즙이 뚝뚝 떨어지는 달큰
한 배를 한입 가득 베어 문 듯했다.

　여덟 살 무렵, 부모님과 함께 불암산 근처 상계동
주공아파트로 이사를 갔다. 처음으로 살아보는 아파트
였고, 처음으로 내 방을 가졌고, 처음으로 학교에 갔다.
처음이라 모든 것이 신기하던 시절이었다. 아파트에 있
는 엘리베이터를 타고 하릴없이 오르락내리락하는 것

도 즐거웠다. 한 달에 두 번씩 아파트 주차장에 알뜰시장이 열렸고, 처음으로 순두부를 사 먹었다. '처음'인 것들이 유난히 기억에 남던 시절. 무엇보다도 진하게 떠오르는 기억은 어머니가 썰어 주던 달큰한 배였다.

주공아파트 단지 근처에 배나무가 늘어선 과수원이 있어 어머니가 종종 아파트 이웃들과 함께 그곳에 다녀왔다. 어머니는 신문지에 둘둘 말아 가져온 커다란 배를 꺼내어 껍질을 깎아 내 입에 쏙쏙 넣어주었다. 그 배가 어찌나 달고 시원했는지 이후에 그보다 훨씬 더 크고 값비싼 배를 많이 먹어봤지만, 어릴 때 맛본 과수원의 배처럼 달고 시원한 맛은 다시 찾아보지 못했다. 팔팔막걸리를 마시니 그 시절 배의 맛과 질감이 고스란히 되살아났다.

당도가 있는 탁주를 좋아하지만 많이 마시다 보면 단맛에 질려버리고 마는 때가 있다. 한데 팔팔막걸리는 달고 청량한 맛 뒤로 이어지는 쌉싸름한 맛의 조화와 균형이 좋아 물리지 않고 계속 마실 수 있었다. 달지만 달지 않은 막걸리. 술을 마시다 정신을 차려 보니 어느새 한 병을 다 비운 채였다. 술을 마시고 난 뒤에도 어린 시절에 먹던 배 맛이 잊히질 않아 술병을 하나 더 꺼냈다. 커다랗고 달큰한 배를 한입 가득 베어 문 듯한 맛. 그 사이로 비어져 나오는 과즙의 청량함과 과육 안쪽의 미미한 산미, 마지막으로 씁쓸한 뒷맛까지 따라오는 팔팔막걸리. 술이 가진 맛과 향이 절묘한 균형을 이루어 순차적으로 달고도 쓴맛을 음미하게 만들었다.

　여덟 살, 모든 것이 처음이던 시절에 달콤한 기억만 새겨진 것은 아니었다. 상계동으로 이사하며 전학 간 학교에서 나는 이유 없이 따돌림을 당하기 시작했다. 처음에는 옆자리에 앉은 아이가 나에게 폭언을 일삼기 시작하더니, 점점 많은 아이들이 내 머리카락과 옷자락을 잡아 뜯고 놀림감으로 삼는 일이 매일 일어났다. 유치원을 다니지 않고 입학한 학교였기에 아이들과 어떻게 어울려야 할지 알 수 없었다. 가족 안에서 사랑과 보살핌만 받고 자라다가 처음으로 당하는 괴롭힘이었다. 그때의 경험은 지금까지도 인생의 쓴맛으로 기억의 한 켠을 차지하고 있다. 그렇게 간직한 어린 시절의 달고 쓴 기억은 여덟 살 아이의 현실을 묘사한 소설 《그랑 주떼》를 집필할 때 큰 도움이 되었다. 그러고 보면

삶의 단맛과 쓴맛은 가능한 많이 담아두는 게 좋기도
하니, 달콤 쌉싸름한 막걸리 한 잔 더 들이켜본다.

시인의 눈물에는 무엇이 들어 있을까

—— 서울의 술 삼해소주

8월 15일 밤에 나는 병원에서 울었다.

너희들은 다 같은 기쁨에

내가 운 줄 알지만 그것은 새빨간 거짓말이다.

(……)

8월 15일, 9월 15일,

아니, 삼백예순 날

나는 죽기가 싫다고 몸부림치면서 울겠다.

너희들은 모두 다 내가

시골구석에서 자식 땜에 아주 상해버린 홀어머니만을

위하여 우는 줄 아느냐.

아니다. 아니다. 나는 보고 싶으다.

큰물이 지나간 서울의 하늘이……

그때는 맑게 개인 하늘에

젊은이의 그리는 씩씩한 꿈들이 흰 구름처럼 떠도는 것을……

(……)

아 그동안 슬픔에 울기만 하여 이냥 질척거리는 내 눈

아 그동안 독한 술과 끝없는 비굴과 절망에 문드러진 내 쓸개

내 눈깔을 뽑아 버리랴, 내 쓸개를 잡아떼어 길거리에 팽개치랴.

— 오장환, 〈병든 서울〉 중에서

1945년 8월 15일 밤, 병원에서 눈물을 흘리며 깨어나는 시인. 사람들은 그가 독립의 기쁨에 겨워 우는 줄로 알지만 시인의 심사는 그리 간단치가 않다. 그는 한마디로 정의 내릴 수 없는 인간 내면의 오만 가지 감상에 뒤엉켜 울고 있다. 그리고 질척거리는 눈과 독한 술

에 문드러진 쓸개를 만세의 노래가 울려 퍼지는 서울 길바닥에 내팽개쳐야만 하는지 묻는다.

1918년 충북 보은에서 태어나 서울에서 활동하다가 해방 후 월북한 시인 오장환의 시편을 읽을 때마다 시인의 눈물에는 무엇이 들어 있을까 궁금했다. 눈물은 그저 짠맛인 줄로만 알았는데, 오장환의 〈병든 서울〉을 읽다 보면 그가 흘리는 눈물의 의미를 단번에 파악할 수가 없는 까닭이다. 해방의 기쁨, 병마와의 싸움, 홀어머니에 대한 걱정 그리고 미래에 대한 불안과 기대……. 미치도록 애정하면서도 사무치도록 증오하는 아름답고 병든 서울에서 그가 흘리는 눈물의 의미는 어떤 단어로도 쉽사리 규정할 수 없다. 이루 말할 수 없는 수만 가지 감정이 씨줄과 날줄처럼 뒤엉켜 있으리라 짐작만 해볼 뿐.

'서울의 술' 삼해소주를 마실 때마다 〈병든 서울〉에서 읽은 시인의 눈물이 떠오른다. 900년 이상의 역사를 지닌 삼해주三亥酒는 《조선왕조실록》에도 언급되었으며, 한양의 이름난 문인들이 사랑한 것으로 전해진 술이다. 삼해주의 삼해三亥는 해일亥日, 즉 돼지날亥日 세 번을 의미한다. 매해 구정이 지나고 첫 번째 돼지날 해

105

시亥時에 밑술을 담가 두 번째 돼지날까지 36일을 발효하고, 두 번째 돼지날 해시에 덧술을 더해 다시 36일을 발효한 뒤, 또 세 번째 돼지날 해시에 덧술을 더해서 36일간 발효해야 비로소 삼해주가 완성된다. 이렇게 꼬박 108일, 삼해三亥가 걸린다 해서 삼해주라는 이름이 붙었다. 그리고 이 삼해주를 밑술로 삼아 증류한 술이 바로 삼해소주다.

한 해에 딱 한 번 빚을 수 있는 데다가 수작업으로 일일이 작업하다 보니 삼해소주의 생산량은 많지 않다. 1993년 서울시 무형문화재로 지정된 삼해소주 제조기능 보유자 이동복 선생의 아들인 김택상 식품명인이 제조기능을 물려받아 대를 잇다가, 삼해소주 아카데미 회원이던 김현종 대표가 2016년부터 합류하여 삼해주와 삼해소주를 빚어오고 있다.

삼해소주를 맛보기 위해 서울 마포구에 위치한 삼해소주 양조장에서 열린 시음회에 참여했다. 시음회에서는 삼해소주의 밑술이 되는 약주 삼해주와 45도의 삼해소주, 그리고 삼해소주를 한 번 더 증류해 얻은 71.2도의 삼해귀주三亥鬼酒를 모두 맛볼 수 있었다.

가장 먼저 맛본 삼해주는 108일에 거쳐 장기 발효한 술의 윗부분만 떠낸 약주로 에탄올 함량이 17퍼센트였다. 작은 잔에 따라 한 모금 마시니 무미에 가까울 정도로 드라이하면서도 은은한 청포도와 같은 과실 맛이 뒤따랐다. 지금까지 마셔본 어떤 약주와도 달랐다. 아무런 과일도 첨가하지 않고 쌀, 물, 누룩만으로 빚어낸 술이라는 게 놀라웠다. 게다가 우리에게 친숙한 초록병 소주와 도수가 비슷한데도 에탄올 향이나 독한 맛이 없어 가볍고 싱그러운 화이트와인처럼 술술 넘어갔다.

뒤이어 맛본 삼해소주의 맛은 한마디로 정의내리기 어려웠다. 쿰쿰한 누룩의 향이 마치 구수한 된장 향처럼 피어오르더니, 술이 입술에 닿자마자 홧홧하게 타올랐다가, 입으로 넘어가니 맑은 구슬처럼 또르르 흘러들어갔다. 갓 지은 밥을 한 수저 가득 떠 넣은 것처럼 따스하고, 달큰한 누룽지 국물을 한 모금 삼킨 것처럼 구수하면서도, 짜디짠 소금을 한 조각 입에 문 듯 아릿하고, 쓰디쓴 독주를 삼킨 듯 뜨거웠다. 더불어 깊고 강렬하게 머무르는 잔향은 어떤 단어로도 규정할 수 없는 깊은 술맛을 보여줬다.

강렬하면서 맑고, 맑으면서 독하고, 독하면서 쓰고, 쓰면서 달고, 달면서 짜고, 짜면서 구수하다. 단 한 방울만으로 깊고 풍부하게 입안에 차올랐다가 뜨거운 기운으로 목울대와 가슴을 쓸고 내려가는 삼해소주는 나라 잃은 시인의 눈물방울을 닮은 듯하다. 그토록 그리던 나라를 되찾았음에도 마냥 기뻐할 수만 없는 시인의 눈물, 그렇다고 현실을 그저 증오하고 절망할 수만도 없는 시인의 얼룩진 눈물이 바로 이런 맛이지 않을까?

시음회를 진행한 김현종 대표는 삼해소주의 풍부한 맛과 깊은 풍미가 바로 108일에 걸친 장기 발효에서 나온다고 설명했다. 개량 누룩 혹은 일본식 누룩인 입국이 아닌 우리 전통 누룩의 고유한 특성이 맛을 다채롭게 하는 것이라고. 삼해소주의 재료는 쌀, 물, 누룩 세 가지로 단순하지만 누룩균의 다양한 미생물이 매운맛, 신맛, 짠맛, 쓴맛 등으로 어우러진, 시인의 눈물과 같은 함축적인 맛을 완성하는 것이다.

늦은 밤, 하루 일과를 마치고 집으로 돌아와 책상 앞에 앉아 오장환의 시집을 펼치고 삼해소주를 따른다. 삼해소주를 마실 때는 별다른 안주가 필요하지 않다.

쓰고 독한 첫 모금 뒤로 이어지는 달고 깊은 두 번째 모금을 안주 삼아 천천히 넘길 따름이다. 입술부터 뜨겁게 타오르며 혀와 목울대를 태우고 내려가 가슴 깊은 곳으로 서서히 퍼져나가는 열기. 시인의 눈물방울 같은 삼해소주를 한 모금씩 삼키며 오래전 그날 시인이 흘린 눈물을 다시 읽는다.

하얗고 깊은 마음
── 소나기를 닮은 삼양춘 탁주

　우리 술 애호가가 되고 난 뒤로 주변 분들에게 많이 듣는 질문이 하나 생겼다. 가장 좋아하는 술이 무엇이냐는 것. 나도 우리 술 양조사와 해설사로 일하는 분을 만나면 궁금해지는 질문이지만, 대답하기가 그리 쉽지 않다. 세상에 맛있는 술은 많고, 술을 마시는 날의 날씨와 감정, 곁들임 안주에 따라 술의 맛이 달리 느껴지는 까닭이다. 그래서 '가장 좋아하는 술'이라는 한 가지를 꼽을 수는 없지만, 기본적으로 내가 좋아하는 취향의 술이 무엇인지는 이야기 할 수 있다.

　우선 주종부터 따져보자면 나는 우리 술 중에서도 탁주를 가장 좋아한다. 청주와 증류주의 깔끔한 맛도 좋지만, 도수가 비교적 낮으면서 묵직하고 풍부한 맛을 가진 탁주에서 우리 술의 매력을 많이 느끼는 편이다. 탁주 또한 종류가 굉장히 다양해서 어떤 이는 달콤한 맛, 어떤 이는 새콤한 맛, 어떤 이는 슴슴한 맛의 탁주를 좋아한다. 그중에 나는 적당히 달콤하면서도 새콤하고, 탁도가 높아 꾸덕한 질감의 탁주를 주로 마신다. 그리고 그런 유형의 탁주는 대부분 도수가 12~15도가량인 삼양주三釀酒가 많다.

'삼양三釀'이란 양조를 세 번 한다는 뜻이다. 쌀, 물, 누룩을 버무려 한 번에 빚은 술을 보통 단양주라고 부른다. 발효 중인 단양주에 다시 쌀 물 누룩을 버무려 섞는 과정이 '덧술'이고, 단양주에 덧술을 한 번 더하면 이양주, 두 번 더하면 삼양주가 된다. 삼양주라고 해서 반드시 맛이 더 좋다는 보장이 있는 것은 아니다. 다만 발효 시기와 기간에 따라 술맛이 달라져 최종적인 맛을 예측하기 어려운 단양주에 비해 보다 균일하고 안정적인 맛이 나오는 편이다. 덧술을 여러 차례 더하는 만큼 술을 빚는데 들어가는 시간과 정성 그리고 원재료의 양이 많아지므로 가격이 높아지는 것은 당연지사다.

삼양주 탁주는 위로 뜨는 맑은 술만 마셔도 굉장히 새콤달콤한 과실 맛이 나면서 부드러운 질감이 느껴진다. 그리고 탁한 부분을 섞으면 술의 질감이 걸쭉하면서도 농밀해진다. 그래서 삼양주 탁주를 마실 때면 별다른 안주가 필요 없다. 술 자체의 맛과 향 그리고 질감을 음미하며 천천히 마시다 보면 적당히 차오르는 포만감마저 기분을 좋게 만든다.

처음 마신 삼양주 탁주는 '삼양춘'이었다. 삼양춘은 글자 그대로 양조를 세 번 한다는 의미인 '삼양'에, '술은 겨울에 빚어 봄에 마셔야 맛있다'라는 뜻을 담아 '춘春' 자를 붙인 이름이다.

삼양춘 탁주는 인천 송도에 자리한 양조장 송도향에서 생산하며, 강화도 해풍을 맞고 자란 친환경 강화섬쌀과 우리 밀 누룩을 사용해 빚는다. 인공 감미료는 일체 사용하지 않고 효모와 자연이 스스로 술을 빚을 수 있도록 천천히 기다린다. 단양주와 첫 덧술은 쌀가루를 물에 개어 버무리고 마지막 덧술은 고두밥을 지어 버무린다.

오랜 정성과 노력을 쏟아 빚은 삼양춘 탁주를 처음

마주했을 때, 나는 적이 놀랐다. 유리병에 담겨 있는 탁주의 모습이 생각보다 훨씬 고급스러웠다. 유리병에 붙은 레이블부터 마개를 덮고 있는 포장지까지 무척이나 공들여 만든 느낌이 나서, 혼자 마시기보다는 소중한 사람과 특별한 날 함께 마시거나 감사한 분에게 선물해야 하지 않나,라는 생각이 밀려들었다.

그럼에도 삶에서 가장 행복한 순간은 '지금 이 순간'이고 가장 특별한 사람은 '바로 나 자신'이라는 말을 떠올리며 과감하게 술병의 포장을 뜯고 마개를 열었다. 술을 잔에 따르니 우유보다 하얗고 요거트보다 걸쭉한 탁주가 천천히 흘러내렸다. '좋은 술은 뭔가 다르구나'라는 인상이 먼저 들었다. 공장에서 대량 생산해서 판매하는 보급형 막걸리하고는 술병과 레이블부터 다름이 물론이요, 술의 색과 질감마저 달라도 너무 달라 생소하고 놀라운 마음이 가시질 않았다. 쌀로 빚은 술 중에 이렇게까지 선명한 흰색이 감돌며 묵직하게 흘러내리는 술은 처음 보았다.

이 술은 도대체 어떤 맛이 날까? 시향을 하니 은은한 쌀 향기와 함께 참외, 풋사과가 연상되는 향이 코끝에 맴돌았다. 그리고 이어지는 꽃향기. 한 움큼 꽃을 꺾어 와 싱싱한 꽃가지만 소녀에게 건네던 소설 〈소나기〉 속 소년의 수줍은 손길이 떠오르는 향이었다.

이내 술잔을 입에 대고 살짝 들이마시자, 더 커다란 놀라움이 연이어 밀려들었다. 가장 놀라운 점은 생크림과 같이 묵직하면서도 부드러운 술의 질감이었다. 뒤이어 느껴지는 달콤하면서도 새콤한 맛에서는 수제 요거트가 떠올랐다. 그 뒤로 아스라이 이어지는 쌉싸름한 맛과 함께 비교적 높은 알코올 도수가 선명히 느껴졌다. 눈처럼 하얗고 생크림처럼 부드럽고 요거트처럼 새콤하면서도 술의 본분을 일깨워주는 듯한 강렬한 알코올 맛이 입속에서 어우러졌다. 마치 후드득 쏟아져 내리는 굵은 빗방울이 내 몸을 훑고 지나가는 듯했다.

먹장구름 한 장에 사면이 소란스러워지고, 삽시간에 주위가 보랏빛으로 변하며 쏟아져 내리는 소나기. 목덜미를 선뜻선뜻하게 만드는 굵은 빗방울처럼 다가오는 황순원의 단편소설 〈소나기〉. 나이 어린 소년과 소녀를 중심으로 서사가 진행되고, 분량이 짧아 청소년 필독서로 분류되는 작품이다. 실제로 내가 중학교에 입학한 첫해 국어 교과서에서 처음 접한 소설이 바로 〈소나기〉였다. 어린이에서 청소년이 되어가는 시기에 처음 읽는 소설. 그렇다면 동화와 소설의 중간 지점을 차지할 법도 하지만, 나로서는 소설 〈소나기〉를 읽는 일이 간단하지 않았다. 분명 어려운 어휘 없이 짧은 문장으로 이어지는 서정적인 소설이지만, 바로 그러한 속성 때문에 더욱 쉽게 읽기 어려웠다. 분명히 소설임에도 서정시에 가까울 정도로 절제된 문장과 어조, 함축성을 지닌 묘사와 서사 구조를 따라 읽다 보면 한 문장 한 문장을 쉬이 넘길 수 없었다. 마치 굵다란 빗줄기인 양 투명하고도 강렬하게 마음에 들어와 박히는 첫 문장부터 마지막 문장까지 모든 문장에 여운이 서리는 작품이었다.

삼양춘 탁주는 〈소나기〉를 닮았다. 냇가에서 서로를 발견하고 꽃가지를 꺾어주며 소나기를 함께 가리는 소녀와 소년처럼 희고 달고 진실하다. 한낮에 굵은 빗줄기로 떨어져 몸과 마음을 항용 앓게 만드는 소나기처럼, 묵직하고도 강렬한 탁주의 성격까지도 마음에 오래 남는다. 한 문장 한 문장 곱씹어 읽을 수밖에 없는 〈소나기〉와 같이, 한 모금 한 모금 입에 오래 머금은 채 복합적인 맛과 묵직한 질감을 곱씹게 만드는 삼양춘 탁주. 들꽃마냥 맑고 향긋한 소녀와 소년의 마음에 굵고 강렬하게 떨어져 내리는 소나기와 참 많이 닮았다.

시인의 마을에서 향수를 읽다
── 막걸리 향수와 시인의 마을

문학을 꿈꾸던 학부생 시절, 옥천에서 열리는 지용제에 다녀온 적이 있다. 지용제는 시인 정지용의 작품 세계를 기리기 위해 해마다 열리는데, 나로서는 너무 오래전에 참여한 터라 그곳에서 어떤 행사를 진행했는지, 무엇을 보고 들었는지 제대로 기억나지 않는다. 다만 작품이 교과서에 실리고 가곡으로 만들어져 불리기까지 하는, 대한민국 사람이라면 누구나 알 만한 유명 문인의 생가가 너무도 작고 누추해 충격을 받은 기억은 남아 있다. 지용은 당시 서울 휘문고와 일본 도시샤대학교에서 수학했으니 제법 명망 있는 집안에서 성장했을 거라고 추측했는데, 시인의 실상은 이토록 비루하였나 싫어 입맛이 썼다. 지용의 대표작 〈향수〉에 묘사된 실개천의 모습도 생각보다 초라하여 시인이 살아온 현실이 더욱 가슴 아렸다.

지용제가 마무리될 무렵 참가자들과 마을 사람들이 모여 잔치를 벌였다. 잔치라는 것도 소박하기 그지없어 묽게 부쳐낸 부추전에 지역 탁주를 한 통씩 돌리는 게 다였다. 그때 나는 탁주에 취한 건지 시인의 마을에 취한 건지, 나도 모르는 새 얼근하게 취해 아롱아롱 세상을 바라보다가 서울로 돌아오지 않았나 싶다.

이원양조장에서 생산하는 막걸리 '향수'를 처음 접했을 때, 나는 이 양조장이 충북 옥천에 있으리라 확신했다. 향수 하면 정지용이고 정지용 하면 옥천이니, 만약에 옥천이 아닌 다른 지역의 양조장에서 향수라는 이름의 막걸리를 생산한다면 그게 더 놀랄 일 아닐까 싶다.

이원양조장의 대표 막걸리 향수는 우리 술 교육기관에서 시음주로 곧잘 다루고 마니아층도 두터운 술이다. 워낙에 유명한 술이라 꼭 한번 맛보고 싶기는 했다만, 술의 원재료가 밀이라서 선뜻 손이 가질 않았다. 아무리 좋은 탁주라도 곡향이 강한 술을 마시기 어려워하는 나는 이곳에서 생산하는 쌀막걸리 '시인의 마을'에 더 마음이 갔다.

시인의 마을은 700밀리리터 용량의 작고 뭉툭한 병에 담겨 있었다. 병이 생각보다 크고 두꺼워 굉장히 묵직한 느낌을 먼저 주었다. 차게 해서 흔들어 마시라는 문구를 따라 뚜껑을 연 뒤 잔에 따르고 나니 병 주둥이에서 기포가 올라와 흘러넘쳤다. 탁도가 높은 꾸덕한 질감의 탁주인데도 마시는 내내 탄산이 살아 있었다.

술을 따라놓은 잔에서 쌀막걸리 특유의 새콤하면서도 쿰쿰한 향이 올라왔다. 한 모금 입에 넣으니 '진짜 잘 만든 탁주구나'라는 생각이 가장 먼저 들었다. 연이어 맛볼수록 세상에 이렇게 우직하고 정직하게 빚어낸 탁주가 또 있을까 싶었다.

시인의 마을은 당도와 산도가 아주 높지 않으면서도 적절한 균형을 이루고 있는 점이 인상적이었다. 탄산 또한 과하게 치솟는 게 아니라 적당하게 뽀글뽀글 올라오는 모습이 마치 탁주 위로 뜬 개구리알 같아 보는 재미가 있었다. 도수가 10도나 되는데도 알코올의 독한 향이나 맛은 크게 느껴지지 않고, 쌀을 잘 발효하

119

고 숙성해 본연의 맛이 제대로 우러나오는 술이다. 놀랍도록 정직하고 우직해서, 정말로 착하고 소박해서 마음 깊이 와닿는 쌀막걸리라 칭할 만했다. 1930년대 한국 현대시의 선구자라 불리며 활동했던 정지용 시인의 드넓고 진지한 작품세계가 떠오르고, 공연히 '시인의 마을'이라는 이름이 붙은 게 아니구나 싶었다.

시인의 마을을 맛보고 믿음이 생긴 나는 곧바로 '향수'를 마시기로 했다. 가곡으로 불리는 지용의 대표 〈향수〉를 들으면, 먼 곳에 고향을 두고 온 사람이 보였다. 막걸리 향수도 그렇게 아스라이 떠오르는 고향을 닮은 맛일까? 밀 막걸리를 즐겨 마시지 않음에도 불구하고 꼭 한번 맛보고 싶은 욕심이 밀려들었다.

그렇게 마주한 향수 또한 시인의 마을만큼 꾸덕한 질감에 탄산이 살아 있었다. 색깔만 보면 구수한 누룽지 사탕이나 달달한 미숫가루가 떠오르는데, 막상 그런 종류의 인공적인 단맛은 느껴지지 않았다. 적당한 달달함과 탄산감 그리고 곡향이 어우러져 있고, 꾸덕할 정도로 높은 탁도가 모든 요소를 묵직하게 이끌어주었다.

어머니가 정성 들여 수확한 밀을 빻아 누룩을 띄우

고, 쌀을 씻고, 고두밥을 쪄서 매일 저어주며 빚은 탁주
가 바로 이렇지 않을까 싶었다. 내 입맛이나 취향에 맞
는 것은 쌀막걸리인 시인의 마을이었지만, 시간이 지난
뒤 그 맛이 내내 떠오르고 아련하게 그리워지는 술은
향수였다. 킁킁거리며 향수의 아련한 향을 잔뜩 맡은
뒤 한 모금 들이켜면 입안 가득 차오르는 고향의 맛. 어
쩌면 술맛 또한 이름을 따라가는 게 아닐까 싶을 정도
로 깊은 향수가 가슴에 남았다.

청록파 시인들과 윤동주, 이상 등 당대 유명시인을
발굴하여 등단시키고 그들에게 많은 영향을 남긴 시인
정지용. 안타깝게도 한국전쟁 이후 행방이 묘연해지고
사망 원인조차 불분명하여 그에 대한 향수가 더욱 저리
듯 다가왔다. 향수 가득 머금은 시인의 마을과 시인의
마음을 그려보고 싶으나, 시 쓰는 재주는 타고나지 못
해 그저 지용의 시 한 편 읊으며 술잔을 기울였다.

고향에 고향에 돌아와도
그리던 고향은 아니러뇨
산꿩이 알을 품고

121

뻐꾸기 제철에 울건만,

마음은 제 고향 지니지 않고

머언 항구로 떠도는 구름.

오늘도 뫼끝에 홀로 오르니

흰 점꽃이 인정스레 웃고,

어린 시절에 불던 풀피리 소리 아니 나고

메마른 입술에 쓰디쓰다.

고향에 고향에 돌아와도

그리던 하늘만이 높푸르구나.

___ 정지용, 〈고향〉

붉게 물드는 제주의 4월
── 동백꽃과 함께 피고 지는 마음

붉고 노란 동백꽃은 4월 초에 피었다가 4월 말에 진다. 꽃샘추위가 물러나고 서서히 따스한 온기가 감돌기 시작하는 4월, 동백꽃이 피고 지는 제주도로 훌쩍 떠나왔다. 제주 동쪽 선흘리에서 한 달간 글 쓰며 지낼 수 있는 집필실을 이용하게 된 덕분이다.

제주도는 서른 살 무렵 요가 강사로 일할 때 이따금씩 요가를 수련하러 다녀가곤 했다. 요가 수련원이 제주공항 근처에 있어 주로 제주 시내에서만 머물며 보름씩 요가를 수련하고 서울로 돌아갔다. 요가 수련이 없는 날이면 동료 강사들과 함께 차를 빌려 비자림과 성산일출봉에 가보는 정도가 내가 해본 제주 여행의 전부였다. 그러다 한달살이를 하면서 제주도를 둘러보니, 차를 타고 둘러본 것과는 다른 제주의 풍경을 마주할 수 있었다.

제주에 도착하던 날에는 비가 내리고 바람이 세차게 불었다. 어린 시절에 타본 놀이기구처럼 흔들리는 비행기 안에서 나는 내내 토하기 일보 직전이었다. 손에 위생봉투를 꼭 쥔 채 비행이 어서 끝나기만을 바랐다. 이내 착륙해 버스를 타고 공항 청사로 나올 때까지도 속이 울렁였다. 그래서 숙소가 있는 선흘리로 곧장 이동하지 못하고 출구 앞 카페에 앉아 따뜻한 물을 마시며 속을 달랬다. 한 시간 정도 멍하니 앉아 있으니 속이 조금 가라앉았다. 덕분에 겨우 택시를 잡아타고 숙소로 향할 수 있었다. 가는 동안 차창을 열어 미세먼지 없는 맑은 공기를 한껏 들이마시니 더 이상 멀미도 나지 않았다.

택시를 타고 이동하는 사이 해가 저물어, 숙소에 도착하고 보니 깜깜한 한밤중이었다. 숙소에 들어서자마자 보이는 주방 식탁 위에 보이차와 다기가 놓여 있었다. 전기 주전자로 물을 끓이고 차호에 보이차를 우려 천천히 들이마셨다. 한 시간 정도의 짧은 비행이지만 멀미로 한 바탕 난리를 치르고 나서 그런지 몸도 마음도 지칠 대로 지쳐 있었다. 따끈한 차 한 잔에 스스로 녹아버린 나는 짐도 풀지 못한 채로 잠들었다.

다음 날 새벽에 일어나 샤워를 하고 짐을 정리한 뒤 요가를 수련하자 맑은 정신이 돌며 비로소 다른 곳으로 떠나온 실감이 났다. 모처럼 주변을 둘러볼 여유가 생겼고, 식사도 할 겸 밖으로 나가보았다. 마을로 진입하는 도로변 갓길을 따라 바다를 향해 걸어가며 귤나무밭, 청보리밭, 마늘밭, 양파밭을 지났다. 그 사이로 측백나무와 동백나무 군락이 번갈아 나타났다. 4월에 피고 지는 동백꽃이 동백나무에 다닥다닥 매달려 있었다. 동백은 어쩌면 저렇게 붉을까? 어떻게 꽃잎 한 장 시들지 않은 채 꽃송이가 고스란히 떨어질까? 육지에서 흔히 볼 수 없는 동백꽃에 시선이 오래 머물렀다.

한 송이의 꽃, 한 개의 수정, 또는 한 마리 새를, 그것에 머리로 이름 붙이기를 하지 않고 깨어 있는 눈으로 오랫동안 바라보면, 그것들은 형상 없는 세계로 들어가는

문이 된다. 비록 작은 틈일지라도 영적인 세계로의 내
적 열림이 있다.[5]

— 에크하르트 톨레, 《삶으로 다시 떠오르기》 중에서

함덕 해변에 도착해 마트로 가서 생활에 필요한 용
품과 먹을거리를 조금 사고, 식당에 들어가 제주식 해
장국을 한 그릇 먹었다. 함덕은 제주도 둘레의 바닷마
을 중에서도 굉장히 번화한 편이라 다양한 종류의 식당
과 카페, 주점, 소품점을 찾아보는 재미가 쏠쏠했다. 산
책 삼아 바닷가로 나가던 중 서점이 보여 들어가 보니
좁은 공간에서 많은 이들이 저마다 책을 들여다보고 있
었다. 바쁘게 살아가는 도시에서는 좀처럼 책을 읽지
못하다가, 여행지에서 마음의 여유를 찾아 책을 읽게
되는 것일까? 사람들 틈에 둘러싸여 신간 도서와 인문
학 서적을 살펴보다가 현기영 소설가의 책을 한 권 사
서 나왔다. 그리고 서점 맞은편에 자리한 소품점에서
동백꽃 문양이 들어간 공책과 볼펜, 머리끈을 바구니에
담고, '제주, 동백'이라는 이름의 술도 한 병 담았다.

함덕 바다로 나가 에메랄드 빛깔의 바닷물을 맘껏

들여다본 뒤 길을 되짚어 걸어갔다. 숙소로 돌아와 제주, 동백 술병을 냉장고에 넣어두고 마감을 앞둔 원고를 써나갔다. 그리고 저녁 무렵 간단한 먹을거리를 꺼내두고 제주, 동백을 잔에 따라 마셨다. 전통에 따라 마을과 자연을 이어간다는 왕지케 양조장에서 제주도에 의해, 제주도를 위해 빚는 술이 바로 제주, 동백이다. 붉은 동백꽃과 제주의 맑은 물, 붉은 누룩으로 45일 동안 발효한 술이다.

맑고 은은한 꽃향기가 피어오르는 술잔을 입에 갖다 대니 단맛이 단번에 입안 가득 차올랐다. 달콤하면서도 향긋한 꽃향기가 내내 이어져 기분이 좋았다. 무엇보다도 술의 맑고 고운 붉은 빛깔이 내내 시선을 사로잡았다. 색소를 사용하지 않고 오로지 동백꽃과 적채로 만들어낸, 제주의 빛깔이었다.

제주, 동백을 한 잔 더 마시고, 해가 저물기 전 숙소에서 나가 10분 정도 거리에 있는 4·3성터로 향했다. 4·3사건 당시 피난민이 모여 생활해온 곳으로 당시의 흔적을 조금이나마 엿볼 수 있었다. 자그마한 함바집에서 수십 가구가 함께 생활해온 참혹한 실상이 충격적이지만, 그보다도 인상적인 것은 성터 주변을 가득 메운 동백나무 군락이었다. 붉게 핀 동백이 나무에서 떨어져 바닥에 흩뿌려져 있는 모습을 보니, 멀쩡히 살아가던 사람들이 토벌대에 의해 무참히 쓰러져간 모습이 떠올라 마음이 쓰리고 아팠다. 고요하고 평화로운 섬마을이 한순간에 불바다가 되고 살육의 현장이 되는 현실은 아무리 상상해보아도 또렷이 그려지질 않았다.

제주만의 쓰라린 역사를 상징하는 동백꽃 한 송이를 손에 쥐었다. 선홍빛 태양이 한라산 너머 서쪽으로 뉘엿뉘엿 저물어갔다. 우리 모두 언젠가 사라질 테지만, 생에 가장 붉게 빛나는 순간을 영원히 기억할 것이다.

그렇게 뚝 뚝

붉은 울음으로 한숨으로

함부로 고개 꺾는 통곡인 줄 알았으나

어디에도 기댈 곳 없는 심장이 멎는 것

간밤 지독했던 영혼의 신열 지상에 뿌리며

골똘했던 스스로를 기꺼이 참수하여

한 생애 온전히 투신하는 것이다

그리 뜨겁지 못했던 날들의 치욕

더 단단해야 했던 시간의 꽃술 쓸쓸할 뿐이어서

간신히 머금고 있던 노란 숨 놓으며

이승의 마지막 꽃잎까지 불을 놓아

까맣게 태우고 싶은 것이다

무너지고 싶은 것이다 무참히

캄캄한 생애 건너고 싶은 것이다

오래 익힌 화농 깊숙이 묻으며

어쩌면 저 붉은 물 스며들어

환한 하늘뿌리에 홀연히 닿을 것이다[6]

__ 김은숙, 〈동백 낙화〉

이방인이 쉬어가는 맑은 바당
── 제주의 푸른 자연을 담은 술

제주에 머무는 동안, 육지에서 친구 Y가 찾아왔다. Y는 여행을 다닐 때면 공항 면세점에서 술을 꼭 한 병씩 사곤 했는데, 이번에는 제주 양조장 투어를 하고 싶다고 했다. 그렇지 않아도 전통 방식으로 우리 술을 빚는 제주도 양조장에 꼭 가보고 싶었던 터라 곧장 가까운 거리에 있는 양조장부터 검색해보았다. 마침 우리가 머무는 선흘리에서 버스를 타고 30분 정도만 가면 나오는 구좌읍 한동리에 '술도가 제주바당'이 있었다. 이곳은 제주에서 나는 농산물을 활용해 술을 빚는 곳인 데다가, 방문만 해도 판매 중인 술 전 종을 무료로 시음할 수 있으니 애주가로서 꼭 가봐야 할 곳이었다.

곧장 버스 시간표를 확인하고 숙소에서 나가 버스를 타고 한동리에 내렸다. 하얀색 창고 건물을 개조하여 만든 술도가 제주바당은 시음과 판매를 위한 공간으로 구성되어 있었다. 양조하는 공간을 보다 청결하게 관리하기 위해 시음 및 판매 공간과 나누어 운영함으로써 고객이 편히 드나들 수 있도록 배려했다고 한다.

때마침 우리와 비슷한 시간에 방문한 고객과 함께 시음 공간에 둘러앉았다. 시음과 판매를 전담하는 팀장님이 직접 만든 뜨끈한 두부를 먼저 내주었다. 마침 두부를 만든 날에 우리가 방문했다며 운이 아주 좋았다고 일러주었다. 김이 모락모락 나는 뜨끈한 두부를 한 조각 떼어 입에 넣자 속이 부드럽게 달래지는 듯했다.

술도가 팀장님은 우선 직접 빚은 술은 아니지만 지역 양조장과 상생하기 위해 함께 판매하고 있다는 '밀주' 탁주를 내주었다. 쌀 농사를 지을 수 없는 제주도에서는 메밀과 조 농사가 발달해왔다. 제주에서 다시 읽고 있는 소설 《지상의 숟가락 하나》에도 일밖에 모르는 어머니가 바쁜 농사철이 지나면 숨돌릴 겨를 없이 곧바로 곡물 장사로 나섰다는 이야기가 나왔다. 어머니가 멀리 한라산 동쪽 화전촌인 무등이왓이나 멍굴에 암소를 끌고 가서 메밀을 받아다가 읍내 장에 내다 팔고는 했다는 내용이었다.

시음회에서는 제주산 메밀로 빚은 탁주를 먼저 맛본 뒤, 해남 찹쌀로 빚은 '맑은바당' 약주를 맛보았다. 반투명한 유리병에 '맑은바당'이라는 글자가 흘림체로 쓰여 있는 디자인처럼, 술맛 또한 매우 맑고 청아하고 깔끔했다. 찹쌀로만 빚은 술임에도 과실주를 입에 머금은 것처럼 새콤하면서도 싱그러운 향이 내내 맴돌았다. Y는 세상에 이런 술이 있다는 사실에 충격을 받아 입을 다물지 못할 정도였다.

이후 우리소주조합에서 협업하여 생산하는 성산포소주, 제주산 골드키위로 빚은 '키위' 증류주, 메밀로 빚은 술을 증류해 얻은 '메밀이슬', 증류주에 제주산 도라지를 침출해 완성한 '제주낭만'까지 차례로 맛보았다. 육지에서 보기 어려운 제주도 지역특산품으로 빚은 술을 하나씩 맛보는 동안 얼근한 취기가 올랐다. 각각의 술마다 진심을 담아 설명하고 맛보여 주는 술도가 팀장님의 모습을 보며 다들 술을 넉넉하게 받아 마신 까닭이었다. Y는 평소 내추럴와인을 즐겨 마시지만 지역 농산물로 빚은 우리 술을 맛보는 것은 처음이라고 했다. 그래서인지 마치 내추럴와인마냥 맑고 부드러운 산미를 가진 맑은바당이 가장 인상 깊다고 말했다. 적당히 취기가 오른 상태에서 나는 함덕 바다와 서우봉의 이국적인 풍경을 떠올리며 맑은바당을 한 병 사 왔다.

　친구는 제주에서 사흘간 머물다 떠났고, 어느덧 시간이 흘러 온 세상이 눈부실 정도로 푸르른 5월이 되었다. 기온이 높은 제주의 여름은 육지보다 빠르게 다가왔다. 5월인데도 민들레 홀씨가 맺히고 밤꽃이 피어나 분분한 향기를 사방으로 내뿜었다. 태양은 뜨겁게 타오르지만 사면이 바다이니 어디에나 시원한 바닷바람이 불었다. 뜨겁고도 시원한 제주의 자연을 조금이라도 더 담아두고 싶은 마음에 나는 매일 버스를 타고 시내로 나갔다. 검은 모래가 인상적인 삼양 해변, 보석보다 화려한 함덕 바다, 고즈넉한 바닷마을 풍경이 아름다운 김녕 바다, 어촌 마을의 정서를 엿볼 수 있는 세화 해변을 매일 번갈아 가보았다. 그중에서도 바닷물 색깔이 가장 인상적인 함덕 해변은 내가 머무는 선흘리에서 가까

133

위 자주 다녔다. 식료품을 사러 마트에 갈 때나 끼니를 해결하러 식당에 갈 때도 함덕 해수욕장과 서우봉 주변을 꼭 한 번씩 둘러보았다. 아직은 바다 수온이 높지 않아 해수욕을 즐기기에는 이른 날씨임에도 나이 어린 학생들이 반바지 차림으로 바다에 풍덩 뛰어드는 모습을 바라보며, 서우봉 산책로를 따라 정상으로 느리게 올랐다. 함덕 해변 동쪽에 자리한 서우봉을 오르다 보면 알베르 카뮈의 소설 《이방인》의 배경이 홀연히 펼쳐졌다.

우리는 알제 교외에서 버스를 내렸다. 해안은 버스 정류장에서 그리 멀지 않았지만, 내려다보이는 바다를 따라 아래로 이어지는 작은 고원을 하나 넘어야만 다다를 수 있었다. 이미 완강하게 여문 푸른 하늘 아래로 고원은 노리끼리한 돌들과 새하얀 수선화들로 덮여 있었다. 마리는 자기의 방수 천 가방을 세게 휘둘러 수선화 꽃잎을 이리저리 흩날리게 하는 장난을 치면서 놀았다. 우리는 초록색이나 흰색 담장을 두른 채 열 지어 선 작은 빌라들 사이로 걸어갔다. 어떤 빌라들은 베란다까지 타마리스크 가지들에 파묻혀 있었는가 하면, 또 다른 빌라들은 돌 틈 한가운데에 휑하니 드러나 있었다. 고원의 가장자리까지 가지 않아도 이미 미동조차 하지 않는 바다와 또 더 멀리 투명한 물에 잠겨 졸고 있는 육중한 곶이 보였다. 조용한 공기를 가르고 우리 있는 데까지 가벼운 모터 소리가 들려왔다. 아주 멀리, 눈부시게 빛나는 바다 위에서 작은 고깃배가 조금씩 조금씩 앞으로 나아가고 있었다. 마리는 붓꽃을 몇 송이 꺾었다. 바다 쪽으로 내려가는 사면에 벌써 얼마간의 수영객들이 모여 있는 것이 눈에 띄었다.[7]

 ― 알베르 카뮈, 《이방인》 중에서

서우봉에 올라 이국적인 풍경을 자아내는 함덕 바다를 내려다보면, 신비롭고 아름다운 바닷물의 자태가 한층 더 도드라져 보였다. 뜨거운 태양 아래 눈부시게 빛나는 맑은 바다와 푸른 언덕 사이에서 나는 무채색의 뫼르소를 떠올렸다. 자기 어머니가 오늘 죽었는지 어제 죽었는지도 모를 정도로 타인의 일에 무관심한 뫼르소. 그는 그저 피곤했을 뿐인 어머니의 장례식 일정을 마치고 잠자리에서 일어나 면도를 하면서, 오늘 무엇을 할까 생각하다가 수영을 하러 바다로 향한다. 전차를 타고 항구 해수욕장으로 가서 바닷물 속으로 뛰어들고, 물속에서 전에 같이 일한 적이 있는 마리를 만난다. 황금빛이 도는 파란 하늘 아래서 마리와 함께 헤엄을 치고 일광욕을 하던 뫼르소는 희극 배우 페르낭델이 나오는 영화를 보러 간다.

1부와 2부로 나누어진 소설 《이방인》에서 바다가 배경인 부분은 오직 1부의 일부분이다. 좀 더 많은 분량을 차지하는 2부에서는, 바닷가에서 태양 때문에 살인을 저질렀다는 뫼르소에 대한 법정 공방이 지난하게 이어진다. 소설 《이방인》은 분량상으로만 보면 법정 드라마에 가까운 소설인데, 읽은 뒤 오랜 시간이 지나도록 머릿속에 남아 있는 장면은 태양이 눈부시게 내리쬐는 맑은 바다 풍경이다.

태양이 너무 뜨겁다는 이유로 아랍인에게 권총을 쏘고 살인범으로 고발당한 뫼르소. 법원에서 그는 자기 어머니 장례식 때 눈물을 흘리지 않았다는 이유로 처형당할 순간을 앞두고 있다. 부조리한 현실 속에서 어느 것에도 관심을 두지 못한 채 지긋지긋할 정도의 피로함과 무료함만 반복적으로 느끼는 뫼르소에게 그 여름의 신기로운 평화가 밀물처럼 흘러들며 소설은 마무리된다. 한없이 맑은 바다에서만 자기 존재의 피로와 무료가 그나마 씻기어가기라도 하는 듯이.

맑고 푸른 제주의 하늘과 바다 그리고 언덕에서 '맑은바당'을 꺼냈다. '바당'은 '바다'의 제주 방언으로, 종성에 오는 이응 받침이 맑은 바다 이미지를 한층 선명하게 전해준다. 제주에는 쌀이 자라지 않으므로, 술도가에서는 해풍을 맞고 자란 해남 찹쌀을 가져다가 술을 빚은 뒤 맑은 부분만 떠내어 맑은바당을 만들었다고 한다. 황금빛이 감도는 맑은 술의 색은 뫼르소를 내리쬐는 한낮의 태양을 닮았다. 눈부실 정도로 맑은 맑은바당을 맛보며 인간은 누구나 바다 위 섬처럼 떠 있는 '이방인'에 다름 아님을 투명하게 깨닫는다. 눈앞의 저 비현실적인 바다가 환영이 아닌 실재이듯, 이방인 또한 부조리한 세계에 그저 실제할 뿐이다. 술도, 바다도, 소설도, 뫼르소도, 그리고 '나'까지도 그저 실재하고 있음을 맑고 투명하게 감각하며, 맑은바당을 한 모금 더 삼킨다.

청귤 밭에 서서 바다를 바라보면

—— 제주산 청귤과 한라산 벌꿀의 조화, 바띠

'고소리술'과 '니모메'로 유명한 제주샘주 양조장의 증류주 '바띠'를 제주에 사는 지인 K로부터 선물받았다. '고소리'는 소줏고리, '니모메'는 '너의 마음에'라는 뜻의 제주 방언인 것처럼 '바띠' 또한 '밭', '밭에'라는 뜻의 제주 방언이다. 제주도 밭에서 나고 자란 작물로 빚은 술이라는 의미를 담고 있단다.

바띠를 빚는 제주샘酒 양조장은 고려 시대부터 현재까지 전해지는 제주 전통주 고소리술을 생산하는 곳이다. 제주도 천연 암반수와 청정 원재료를 사용해 과거와 현대의 조화를 이루는 맛을 내는 고소리술과, 제주 감귤로 빚은 발효주 니모메를 맛있게 마신 기억이 있어 바띠 또한 어떤 맛일지 기대가 됐다.

제주도 하면 주로 깊고 푸른 바다와 작은 화산체 오름을 떠올리게 마련이지만, 제주 애월읍에서 성산읍까지 일주일간 올레길을 따라 걸어보니 밭길 풍경이 가장 인상적으로 다가왔다. 현무암으로 낮게 쌓아 올린 밭두둑을 따라 걸어 나가는 순간이면 커다란 행복감이 밀려들었다. 그래서 제주에서는 바당길보다 바띠길 따라 걷고 싶은 마음이 더 크다. 그런 제주 '바띠'를 담아낸 술이라니. 평소 믿고 마시는 술을 생산하는 양조장의 술이기도 해서 더욱 큰 기대감이 밀려들었다.

소주병의 뚜껑을 열자 제주도 밭두둑을 따라 걸으며 바라본 풍경이 눈앞에 선연히 피어올랐다. 병목에서부터 흘러나오는 아득한 향기에 왜지 모를 눈물이 흘러내릴 것만 같았다. 그동안 적지 않은 종류의 술을 마셔왔으나 향이 이 정도로 좋은 술은 처음이었다.

이 향기의 정체는 무엇일까? 보통 향이 좋은 술을 접하면 빨리 술맛을 보고 싶어지는 반면, 바띠의 향을 맡고 난 뒤에는 술을 쉬이 들이켜기 어려웠다. 행여나 이 좋은 향이 금세 날아갈까 싶어 온전히 향기만 느껴보고 싶은 마음이 더 커졌다. 한참을 바띠 향에 취해 있다가 그만 정신을 차리고 술을 들이켜보았다. 그 순간 정말로, 제주 청귤 밭에 들어선 느낌이 들었다. 푸르게 윤이 나는 귤나무 이파리와 아직은 설익어 푸르뎅뎅한 청귤, 그 사이로 번지는 흙내음. 어디선가 소금기 가득한 바닷바람이 불어와 간을 살짝 더해준 느낌. 잘 말린 청귤에 벌꿀을 첨가해 빚은 술이라 어느 정도는 맛이 예상된다 싶었는데, 상상하던 맛을 뛰어넘는 훌륭한 술이었다. 작은 잔에 따라서 마실 때는 청귤의 쌉싸래한 맛이 강하게 느껴지고, 유리잔에 얼음을 넣어 온더록스로 마실 때는 달달한 벌꿀 맛이 강하게 피어났다.

첫맛은 과하지 않은 단맛으로 시작되다가 뒤로 갈수록 청귤의 상쾌한 향이 은은하게 맴도는 바띠는 기름진 육류의 느끼함과 해산물의 비릿함을 잘 잡아낼 듯했다. 고소한 비계가 녹아든 제주 흑돼지구이 혹은 뿔소라, 돌멍게, 참전복과 같은 제주 해산물 한 상에 바띠를 곁들이는 상상을 하니 침이 꼴깍 넘어갔다.

바띠를 마시다 보면 맛도 맛이지만 강렬하고도 아련한 향기가 몸과 마음에 훅 스며들었다. 아련한 시절의 풍경을 떠올리게 만드는 향기…… 문득 은빛 바다가 내려다보이는 시골 마을 밭길에 앉아 언제 돌아올지 모를 사람을 기다리는 소년의 모습이 보였다. 소년은 누구일까? 언제부터 그곳에 있었을까? 밭에서 머언 바다를 내다보는 소년의 얼룩진 뺨을 먹먹히 어루만지는 이가 술잔에 스쳐 지나갔다.

나의 소년 시절은 은빛 바다가 엿보이는 그 긴 언덕길을 어머니의 상여와 함께 꼬부라져 돌아갔다.

내 첫사랑도 그 길 위에서 조약돌처럼 집었다가 조약돌처럼 잃어버렸다.

그래서 나는 푸른 하늘 빛에 혼자 때없이 그 길을 넘어 강가로 내려갔다기도 노을에 함뿍 자줏빛으로 젖어서 돌아오곤 했다.

그 강가에는 봄이, 여름이, 가을이, 겨울이 나의 나이와 함께 여러 번 다녀갔다. 가마귀도 날아가고 두루미도 떠나간 다음에는 누런 모래둔과 그리고 어두운 내 마음이 남아서 몸서리쳤다. 그런 날은 항용 감기를 만나서 돌아와 앓았다.

할아버지도 언제 낳은지를 모른다는 동구 밖 그 늙은
버드나무 밑에서 나는 지금도 돌아오지 않는 어머니,
돌아오지 않는 계집애, 돌아오지 않는 이야기가 돌아올
것만 같아 멍하니 기다려 본다. 그러면 어느새 어둠이
기어와서 내 뺨의 얼룩을 씻어 준다.

 ___ 김기림, 〈길〉

소중한 이에게 건네고 싶은 술

—— 제주의 땅에서 얻은 오메기 맑은 술

읽고 쓰는 일이 직업이다 보니 딱히 사람에 치이거나 시간에 쫓기는 숨 가쁜 일상을 살아오지는 않은 편이다. 좋아하는 책을 읽고 쓰고 싶은 글을 쓰며 느슨한 속도로 인생을 살았다. 그럼에도 제주도로 떠나와 있으니 보통의 일상에서 느낀 것보다 더욱 여유로운 마음이 밀려들었다. 숙소에서 조금만 걸어 나가면 용암이 흘러간 자리에 생성된 곶자왈 숲이 있고, 꿩이 노니는 감귤 농장을 지나 맑고 푸른 바다에 다다를 수 있었다. 대자연이 주는 신비와 풍요 속에서 마음 또한 한없이 넓어지고 평안해졌다. 주변의 밭길과 숲길, 바닷길을 아무런 걱정도 불안도 없이 걷고 또 걷다가, 이따금 카페에 들어 감귤주스나 땅콩라떼를 마시며 책을 읽는 시간이 마냥 행복했다.

여행을 갈 때마다 해당 지역에서 읽기 좋은 책 한 권은 반드시 챙겨서 떠나곤 했다. 가령 일본에 갈 때면 무라카미 하루키의 《상실의 시대》를 백팩에 꼭 넣었다. 사실 나는 《상실의 시대》의 주인공 와타나베가 원하는 게 무엇인지, 왜 여러 여자를 오가며 방황하는지 도무지 이해하거나 공감하지 못하는 독자였는데, 그래서인지 자꾸만 들여다보게 되는 책이 바로 《상실의 시대》이기도 했다. 소설의 주요 배경인 도쿄에서 카레라이스를 먹으며 《상실의 시대》를 다시 읽다 보면 머리로는 좀처럼 이해되지 않던 와타나베의 내면에 나도 모르게 한 발자국쯤 가까이 다가서게 됐다. 그리고 불현듯 나오코를 만나기 위해 신칸센을 타고 교토로 향하는 와타나베를 따라 나도 무작정 교토로 발걸음을 옮겨갔다. 그렇게 찾아간 교토역에 내리고, 가모가와 강을 가로질러 가다가 나오는 한적한 마을의 사찰에 머무른 적이 있었다. 수도승도 신도도 보이지 않는 적막한 사찰에 가만히 앉아 있다 보면, 어째서 와타나베는 그토록 나오코를 찾아 헤맸는지, 나오코를 만난 그가 찾은 것은 무엇이었는지, 아무리 읽어도 풀리지 않던 의문이 스르르 녹아내리는 듯했다. 여전히 머리로는 이해되지 않지만, 가슴으로만 느껴지는 여릿한 정서가 책과 여행지 사이에서 신비롭게 떠올랐다.

제주에서 다시 읽은 책은 현기영 소설가의 《지상에 숟가락 하나》였다. 작가가 제주에서 나고 자라며 직접 겪은 4·3 사건을 일곱 살 아이의 시선으로 그려낸 참혹하고도 아름다운 작품. 오래전 4·3 사건의 실상을 알고 싶어 읽은 책인데, 잔인하고 뼈아픈 시간과 함께 대자연의 신비와 아름다움이 세밀하게 펼쳐져 있어 놀랐다. 푸르른 하늘과 드넓은 바다 사이 키 작은 오름들. 친가와 외가를 오가며 겪는 다양한 일화와, 제주에서만 맛볼 수 있는 독특한 음식 문화까지 세세하게 묘사된 책이기도 하다. 제주도에서 꼭 한번 다시 읽고 싶었는데, 확실히 육지에서 읽은 것과는 다른 매력이 넘쳐났다. 소설 속에 묘사된 풍경에 내가 실제로 들어가 있는 듯한 체험 또한 형언할 수 없을 정도로 신비로웠다.

하루는 저녁나절 주점에 들어 오메기 맑은 술을 마

시며 이 책을 읽는 중에 바로 술과 관련한 일화가 나와 술맛이 더욱 생생하게 느껴지기도 했다.

외조부는 오누이처럼 서로 닮아서 퍽 어진 분들이었다. 흉년이라 먹거리가 변변치 못한 형편에 뭔가 맛있는 것, 예쁜 것을 주지 못해 안달이었고, 나의 어린 짓 하나하나가 그분들에게는 신기한 구경거리였다. 나는 외가에 가기만 하면 억눌렸던 어린애 본성이 그대로 살아나 집 안팎 여기저기 휘젓고 다니면서 맘껏 뛰어놀곤 했다. 어찌나 몸이 쟀던지 이리 호록, 저리 호록 내달리다가 돌부리에 채어 넘어지기도 하고, 지나가는 어른들의 발에 걸려 넘어지기도 했다. 손주한테 뭔가 맛있는 것 못 주어 안달이던 외할아버지가 한번은 당신이 반주로 들던 좁쌀 청주를 맛보게 했는데, 어린 나는 그 한 방울 술에 그만 취하여 이리 비틀 저리 비틀 온 마당을 휘젓고 다니다가 보리짚가리 밑에 쓰러져 잠이 든 적도 있었다.[8]

— 현기영, 《지상에 숟가락 하나》 중에서

이 부분에서 언급된 '좁쌀 청주'가 바로 오메기술이다. 오메기술은 제주 전통 민속주인데, 차좁쌀을 사용해 만든 청주여서 표준어를 사용해 '좁쌀 청주'라고 쓴 모양이다.

화산이 폭발하고 용암이 흘러 생성된 제주도 토양에는 물이 고이질 않아 논을 경작할 수 없다. 쌀농사를 짓지 못하니 예로부터 좁쌀, 보리, 밀, 메밀과 같은 곡물을 주로 재배해왔다. 그중 차좁쌀을 찍어 오메기떡을 만들고, 오메기떡에 누룩을 섞어두면 당화와 발효가 일어나 술이 된다. 그렇게 빚은 술의 맑은 부분만 떠낸 것이 바로 좁쌀 청주, 즉 오메기술이다. 지금은 오메기 맑은 술을 비롯해 제주도에 있는 몇몇 양조장에서 상품으로 생산해 유통하고 있지만, 과거에는 집집마다 오메기떡을 만들고 술을 빚어 항아리에 담아 두고 마셨다고 한다.

오메기 맑은 술은 황금빛 색깔이 감돌며, 진하고 무거운 질감을 가지고 있다. 좁쌀이 당화되면서 나오는 단맛과 누룩의 깊고 구수한 맛이 입안을 가득 채우면서도, 상큼한 산미까지 곁들여져 기분 좋게 술술 넘어가는 술이다. 설탕이 귀하던 시절에는 곡물이 당화되어 나오는 달콤한 맛의 오메기술을 매우 귀하게 다뤘을 터. 오랜 시간과 정성을 들여 빚은 오메기술의 탁한 부분을 가라앉히고 얻은 윗부분의 맑은 술은 소량이라서 더욱 귀했을 것이다.

제주에서 한 달간 머무는 숙소에서는 엄마와 아이가 머물며 함께하는 프로그램에 참여할 수 있다. 이른 아침 아이들은 선흘리 예술학교로 등교하고, 엄마는 요가와 명상을 하고 차담을 나누며 잊고 지내던 자기 내면과 마주하는 시간을 가지곤 했다. 한데 내가 머무는 옆 방에는 할머니와 손녀가 함께 와 있었다. 아홉 살 손녀의 이름이 '조이'라서 입주자들 모두 할머니를 '조이 할머니'라고 불렀다. 조이의 부모님은 한달살기에 함께 신청했으나, 두 분 모두 직장에서 시간이 여의치 않아 할머니와 아이만 보내고 평일 월차와 주말 시간을 이용해 매주 다녀갔다.

나 또한 숙소 프로그램인 요가와 명상을 함께 하고, 동백동산으로 산책을 다니며 조이 할머니와 이야기를 나누었다. 조이 할머니께 아이 부모 없이 혼자 와서

적적하거나 힘들지 않으냐고 묻자, 전혀 예상하지 못한 대답이 돌아왔다.

"평생 일하고 아이들 키우느라 단 한 번도 혼자서 시간을 보내본 적이 없는데, 여기서 이렇게 조이 학교 보내놓고 혼자 산책하고 그림 그리고 글쓰기도 해보니 생에 처음으로 나만 오롯이 존재하는 느낌이 들어 마냥 신기하고 좋아요."

그렇게 말하는 조이 할머니의 얼굴에 떠오르는 환한 빛을 보며, 스스로를 사랑하는 마음이 얼마나 소중한지 깨달았다.

제주에서 보내는 마지막 밤, 나는 제주 시내에서 사온 오메기 맑은 술을 같은 숙소에 머무는 요가 선생님, 조이 할머니와 함께 나누어 마셨다. 조이 할머니는 내가 따라주는 오메기 맑은 술을 맛보더니, 어릴 적 어머니가 집에서 쌀과 누룩을 치대어 술을 만들어주던 기억이 떠오른다고 말했다. 그렇게 빚은 술에 물을 섞으면 양이 두 배로 늘어나 막걸리로 마시곤 했다며, 그 당시 술 빚는 법을 배워두지 못해 그 맛을 다시 볼 수 없는 게 두고두고 아쉬웠다고 했다. 한데 이렇게 제주에 와서 오메기 맑은 술을 마시니 오래 잊고 지낸 시절의 맛과 기억이 떠오른다며 해사하게 웃었다. 조이 할머니의 어릴 적 이야기를 들으며 오메기 맑은 술을 마시던 제주의 마지막 밤. 지금 이 순간을 함께 하는 소중한 인연에게, 무엇보다도 그곳에서 찾은 가장 소중한 나에게 건네는 술 한 잔이 아주 맑고 달았다.

순수한 금을 얻는 과정
—— 인삼 증류주 야수 G

어린 시절 학교에 입학해 처음으로 갔던 수학여행지는 강화도였다. 인천에서 유년을 보내고 학교를 다녀서인지, 수학여행지는 강화도, 극기훈련지는 영종도로 가는 경우가 많았다. 겨우 열 살 무렵이라 여행의 모든 순간이 또렷이 기억나지는 않지만, 마니산에 올랐던 것과 거대한 고인돌, 강화 특산품이라는 화문석 제조 현장과 인삼밭은 어렴풋이 기억난다. 그때 강화 인삼밭에서 맛본 삼 뿌리가 너무 쓰고 독해서 차마 삼키지 못하고 뱉어버리고 말았던 것까지도.

평소 근채류를 즐겨 먹는 편이지만 인삼만큼은 특유의 흙향과 쓴맛 때문에 잘 먹지 않았다. 여름철 보양

식도 인삼이 들어간 삼계탕보다는 누룽지를 넣어 구수하게 끓여낸 닭백숙을 선호했다. 삼을 찌고 말려서 약용으로 먹는 홍삼진액 또는 조청에 절여 간식으로 먹는 홍삼 절편에도 딱히 손이 가지 않았다. 그러다 보니 다양한 종류의 술을 즐기는 애주가이면서도 인삼주만큼은 찾아 마시지 않았다. 시중에서 흔히 볼 수 있는 인삼주는 증류주에 인삼 뿌리를 넣어 침출한 형태가 대부분이다. 이런 방식의 인삼 침출주에서는 삼 뿌리 특유의 사포닌 향과 쓴맛이 고스란히 배어 나왔다. 인삼의 향과 맛을 즐기지 않는 나로서는 손이 가지 않는 게 당연했다.

'좋은 향의 술을 즐기다'라는 뜻을 지난 주연향 양조장의 시음회에 갔다가, 평소 마시지 않는 인삼주를 맞닥뜨렸다. 주연향 양조장은 맑고 깨끗한 공기와 수려한 풍경을 자랑하는 강화도에 자리하고 있어, 강화섬쌀과 특산물로 술을 빚는 곳이다. 멥쌀과 찹쌀을 사용해 삼양주로 빚은 탁주 '주연향 화이트'부터, 흑미를 첨가해 술의 색과 풍미를 끌어올린 약주 '주연향 레드', 그리고 탁주를 장기 숙성해 증류한 소주 '야수 R', 강화산 고구마로 술을 빚고 증류한 고구마소주 '야수 S', 그리고 역시 강화에서 나는 6년근 인삼으로 술을 빚고 저온 발효한 뒤 증류한 '야수 G'까지 총 다섯 종류의 술을 생산하고 있다.

'야수'는 산과 들의 향을 머금은 빼어난 재료로 술을 빚고 있다는 뜻을 담아 들 野(야), 빼어날 秀(수) 자를 써서 지은 주연향의 증류식 소주 이름이다. 야수 R은 쌀로만 술을 빚고 증류한 순곡주라는 의미에서 'Rice'의 R을 붙였고, 야수 S는 고구마소주의 의미를 살려 'Sweet potato'의 S를 붙였다. 그리고 야수 G 역시 인삼을 뜻하는 'Ginseng'에서 G를 따왔다.

마곡동 심야식당에서 열린 주연향 시음회에서 식전주로 주연향 화이트 탁주부터 맛보기 시작했다. 주연향의 술은 모두 삼양주 기법으로 빚어 발효하고 저온에서 장기 숙성하기에, 기본적으로 맛과 향의 깊이가 빼어났다. 심야식당에서는 각각의 술에 맞게 내어주는 숙성회, 참송이 튀김, 오리 수육, 곶감 치즈말이 등의 안주와 함께 낮은 도수의 술부터 높은 도수의 술을 한 잔씩 내주었다. 맛과 향이 좋은 술과 음식이 어우러지니

축제의 현장에 있는 듯 즐거운 한편, 내면에 도사리고 있던 긴장감이 서서히 일어서기도 했다. 평소 먹지 않는 인삼소주 야수 G를 어떻게 맛보고 평해야 할지, 걱정이 앞섰다.

해풍을 맞으며 자란 강화섬쌀과 강화 6년근 인삼, 전통 누룩, 정제수 등 자연의 재료로만 술을 빚고 증류한 소주라는 설명을 들으며 야수 G를 따라놓은 잔을 바라보았다. 야수 G는 술의 색부터 기존에 보아온 인삼주와 다르기는 했다. 증류주에 인삼을 넣고 침출해 누런 빛깔을 띠는 인삼주와 달리, 인삼을 넣고 발효한 밑술을 증류한, 순수 증류 원액만을 담은 투명한 술이었다. 향에서는 그동안 맡아온 인삼주의 흙 향이나 사포닌 향이 아닌, 허브에 가까운 풀 향이 은은하게 퍼져 나왔다. 한 모금 맛보니 증류식 소주 사이로 인삼의 맛이 아주 부드럽게 이어지는데, 맛이 참으로 오묘했다. 만일 인삼 증류주라는 사실을 미리 알고 마시지 않았다면 과연 부재료가 인삼이라는 사실을 알아차릴 수 있을까 싶을 정도로 다채롭고 오묘한 맛이었다. 위스키와 같은 풍미까지 살짝 서려 있어 더욱 독특한 매력을 내뿜었다. 페

어링 안주로 나온 오리 가슴살 수육에 사과 초절임, 유
자 고추냉이 소스를 얹어 입안에 넣으니 그야말로 온
세계를 아우르는 듯한 꽉 찬 맛에 감탄이 터져 나왔다.

> 쌀, 물, 누룩을 발효하고 숙성하면 탁주가 된다. 탁주를
> 가만히 놔두면 탁한 부분이 아래로 가라앉고 맑은 술이
> 위로 뜬다. 그 맑은 술만 떠낸 것을 약주라고 부른다.
> 그리고 약주만 모아서 증류기에 넣고 가열하면 기화된
> 에탄올이 차가운 공기와 만나 증류기에 연결된 관을 타
> 고 한 방울씩 흘러내린다. 그렇게 흘러내리는 술이 바
> 로 증류식 소주다. 불어난 쌀로부터 소주가 되어 가는
> 과정이 일종의 연금술 같아 보였다. 나도 그렇게 불어
> 나고, 쪼개어지고, 발효되고, 타오르고 나면 언젠가 내
> 안에 진짜 이야기가 한 방울씩 흘러나올까?[9]
> ＿ 김혜나, 〈달콤 쌉싸름한 탁주〉 중에서

에탄올 함량 50퍼센트 이상의 증류주가 만들어지
는 과정을 볼 때마다 양조보다는 연금술을 접하는 듯했
다. 고대 이집트에서는 납, 철, 구리 등의 흔한 금속을

155

완벽한 금으로 변환하려던 시도로, 고대 그리스 학자들 사이에서는 자신의 영혼을 황금과 같이 완벽하게 다듬는 자기수행법으로 전해져 왔다는 연금술. 그렇다면 우리가 매일 먹는 흔한 곡물에 누룩을 넣고 당화시켜 술을 빚고, 그렇게 빚은 술에서 맑은 부분만 걸러 약주를 얻고, 약주를 증류해 순도 50퍼센트 이상의 에탄올을 얻는 과정 또한 일종의 연금술이 아닐까. 그토록 지난한 과정을 거쳐 얻은 인삼 증류주 야수 G의 맛에 한가득 차오르는 나를 바라보며, 항상 거칠고 조급한 나에게도 이제껏 내가 알지 못한 순정한 '나'가 어딘가 숨어 있지 않을까 기대해본다.

3부

삶의 진실함과
세월의 깊이를
품은 멋

맑고 정한 막걸리

── 문경의 미자 씨와 흰양이

"너에게 꼭 맞는 막걸리를 찾았어."

동료 작가인 최유안 소설가가 속초로 놀러오기로 했을 때, 나는 자신만만하게 말했다. 독일에서 유학한 경험이 있는 최유안 작가는 친구들에게 독일 와인 레이블을 읽어주다가 자연스레 와인 마니아가 되었다고 한다. 스위트 와인보다는 드라이 와인을 좋아한다는 최유안 작가의 입맛에 맞게 드라이하면서도 맛있는 막걸리를 찾으려 나는 한동안 분주했다. 최유안 작가는 평소 막걸리를 즐겨 마시지 않았는데, 이유는 너무 달기 때문이었다. 다만 그는 '막걸리계의 평양냉면'이라 불리는 '송명섭 막걸리'만큼은 좋아했다. 처음 먹을 때는 물맛에 가깝다는 슴슴한 육수 맛을 도통 헤아리기 어렵지만, 먹을수록 담백하면서도 고소하고 진한 육수 맛에 길들여진다는 평양냉면. 마치 그 육수처럼 슴슴하기 그지없는 술이 바로 송명섭 명인이 빚는 막걸리였다. 일체의 첨가물이 들어가지 않은 송명섭 막걸리에는 단맛도 신맛도 없고, 묵직한 탁도라던가 탄산감마저도 없다. 처음 마실 때는 아무런 맛도 향도 질감도 느껴지질 않아서 이게 왜 유명한 술인지 도통 이해할 수 없었다. 수많은 막걸리를 맛보며 빠져들고 난 이후에야 송명섭 막걸리의 진가를 알게 되었고, 그처럼 슴슴한 맛이 나는 새로운 술을 최유안 작가에게 맛보여 주고 싶었다.

최유안 작가는 내가 자신만만하게 내놓은 막걸리의 레이블부터 무척 마음에 들어했다. 감색 레이블에 노란색 고양이가 그려져 있는 '희양산 막걸리'로, 고양이가 양팔을 들고 미소 짓는 모습이 마치 어린아이가 크레파스로 그린 그림마냥 독특하고 귀여웠다. 웃음을 자아내는 이 디자인은 희양산 공동체 식구인 전미화 동화작가의 작품으로, 젊은 농부들이 모인 희양산 공동체의 에너지를 잘 보여주었다.

159

희양산 막걸리를 생산하는 두술도가의 대표 내외는 미국 실리콘 밸리에서 일하다 만났다. 서로 뜻이 맞아 귀국한 뒤에 문경 희양산 자락에서 귀농 생활을 시작했다. 문경에는 이들 부부와 같이 귀농한 사람이 많았다. 그중 그림에 재능이 있는 분들이 있어 함께 세련되고 화려한 레이블을 만들었고, 소정의 인세도 제공하고 있다. 문경 희양산 자락의 자그마한 술도가에서 이렇게 다채로운 일이 벌어지고 있다는 사실이 흥미롭기 그지없었다.

두술도가 소셜미디어에 올라온 웹툰에도 '두술'과 '도가'라는 고양이 캐릭터가 있다. 흰색 고양이라서 '흰양이'라고 불리는 두술이와 도가가 양조장을 시작하게 된 이야기를 만화로 표현한 것이다. 경북 문경 희양산 자락에 젊은 농부들이 사는 마을. 흰양이 두술이와 도가는 동네 어른들과 함께 유기농 벼농사를 짓고 있었다. 동네 형님의 논농사를 도와드리고 난 뒤풀이 자리에서 이런저런 이야기를 나누던 날, 점점 줄어드는 쌀소비에 대해 걱정하는 소리가 나왔다. 쌀이 잘 안 팔려서 많이 남았다. 쌀 소비가 줄어드니 대책을 생각해야 한다. 앞으로 더 심해질 것이다. 사람들이 밥을 덜 먹는데 무슨 수가 있겠느냐는 한탄은 '야 그냥 술이나 마시자'라는 결론으로 이어졌다. 이때 두술이와 도가는 쌀로 술을 만들어 팔아보는 게 어떨지 생각했다. 사람들이 쌀밥은 잘 안 먹어도 쌀로 만든 술은 즐겨 먹으니, 팔리지 않고 남은 쌀로 술을 만들면 일석이조라고 여겼다. 두술이는 그날 이후 직접 술을 빚기 시작했다. 두술이는 빚은 술을 친구들에게 나눠주고 의견을 받아 실험과 양조를 반복했다. 친구들이 좋아할 만한 막걸리를 연구하는 사이 두술이는 술 빚는 일이 점점 즐거워졌다. 그래서 탄생한 작은 양조장이 바로 두술도가이고, 희양산 막걸리는 이곳에서 만든 첫 번째 술이다.

두술도가 대표 내외는 실제로 '미미'라는 고양이를 키우고 있다. 2022년부터 희양산 막걸리 레이블에 그림을 그린 전미화 작가 또한 고양이를 키우고 있었고, 마침 호랑이의 해라서 호랑이와 같은 고양이과 동물을 그려 넣었다. 심지어 양조장에는 모두에게 사랑받는 독특한 '길냥이'가 있었다. 양조장 마당에서 문경 특산품 약돌돼지를 구울 때마다 찾아와 천연덕스럽게 울어대서 '약돌이'라 불리는 고양이다. 결국 양조장 주인 내외뿐만 아니라 손님들까지 약돌이에게 마음을 빼앗겨 고양이 집사처럼 먹을 것을 내놓게 되었다. 양조장 앞에서 희양산 쌀과 막걸리를 판매하는 '희양상회' 주인장도 길냥이들을 돌보는 지경에 이를 정도로 고양이는 두술도가 양조장과 '희양산 막걸리'의 상징으로 자리매김했다.

고양이가 그려진 레이블 안쪽 새하얀 술의 색 덕분에 '흰양이'라는 별명이 절묘하게 어울리는 희양산 막걸리. 하얗고 맑은 색과 질감 덕분에 마치 진한 쌀뜨물 같아 보이기도 하는 술이다. 뚜껑을 열어도 탄산이 올라오지 않고, 향에서도 별다른 특징이 나타나지 않는 차분하고 고운 술.

나는 희양산 막걸리를 와인 잔에 따라 최유안 작가 앞에 놓아주었다. 새하얀 막걸리 색이 크고 둥근 와인 잔 속에서 뽀얗게 드러났다. 최유안 작가가 대체 어떤 맛이길래 그토록 추천하냐고 묻기에 "진짜 좋은 약수 물맛"이라고 대답했다. 단순한 약수가 아니라 사람의 발길이 닿지 않은 깊은 산골짜기에서 흐르는 맑고 정한 물과 같은 느낌이라고. 무미에 가까울 정도로 가볍지만 입안에 머금고 천천히 음미하면 천연의 단맛과 깔끔한 물맛이 펼쳐진다고 말이다.

최유안 작가는 내 표현이 희한하다며 웃었는데, 맛을 보자마자 눈을 크게 뜨더니 내 말이 딱 맞다고 했다. '진짜 좋은 약수 물맛'이 곧바로 이해가 된다는 거였다. 시중에 판매되는 수많은 술이 달거나 시거나 쓰거나 떫거나 하며 맛으로 개성을 드러낼 때, 희양산 막걸리는 맛을 없애는 것으로 자기만의 개성을 창조한 술이 아닐까 싶다. 무언가를 눈에 띄게 드러내지 않으면서도 묵묵히 자신의 존재감과 영향력을 뿜내는 막걸리. 강력하게 자기주장을 하지 않고 드러날 듯 말 듯 미미하게 다가오는 술의 조화로움이 이보다 더 맑고 정할 수 있을까?

희양산 막걸리를 마시고 난 뒤 최유안 작가와 함께 속초 바닷가를 산책하며 영금정에 올랐다. 그러자 설악산과 동해바다가 한눈에 들어왔다. 산과 바다로 둘러싸인 강원도. 수천 년 전 이 땅의 모습은 과연 어떠했을까? 그때는 모든 것이 자연 상태 그대로 존재했을 것이다. 사람의 손길이 닿지 않았던 그 풍경 속에 가히 신선이

와서 쉬었다 갔을 것만 같다. 파도가 몰아치며 새하얗게 부서지는 영금정 아래 드넓은 바위에 앉아 굽이굽이 이어지는 설악산의 능선을 바라보며 물맛 좋은 희양산 막걸리를 떠올려보았다. 내가 술인가 바다가 술인가 아니면 저 하늘이 술인가 싶었다. '백의민족'이라는 말이 어울리는 맑고 정한 희양산 막걸리를 사랑하지 않을 도리가 없다.

길들일 수 없는 자유로운 새
──다양한 부재료의 향연, C막걸리

'C막걸리' 양조장은 전례 없는 새로운 부재료의 조합으로 창의적인 맛과 향, 질감을 술에 담아내는 것으로 유명한 곳이다. Creative, Colourful, Cosmopolitan, Contemporary, Classical, Craft라는 의미를 고루 담아 C막걸리라는 이름을 지었다고 한다. 천연의 컬러 푸드를 감각적이고 창의적으로 조합하여 전통 주조 방법으로 빚어내는 포스트모던 크래프트 막걸리를 표방한다.

C막걸리의 '시그니처큐베' 막걸리는 노간주열매, 건포도, 배즙을 쌀과 함께 발효한 이양주로 달지 않으면서도 깔끔하고 담백한 맛이 일품이다. 그 안에서 원재료의 캐릭터를 하나씩 찾아가는 묘미가 어우러져 '종

합예술'이라 불러도 손색이 없을 것이다. 시그니처큐베의 오묘한 조화는 음악, 문학, 미술, 무용, 연극을 종합해 빚어놓은 오페라를 연상시킨다.

오페라 공연을 처음 본 것은 7년 전 겨울이었다. 그때 본 공연은 프랑스 작곡가 조르주 비제의 〈카르멘〉이었다. 신문에서 우연히 '오페라 〈카르멘〉 연말 공연'이라는 광고를 보고 홀린 듯 티켓을 예약했다. 그로부터 무려 20년 전, 열여섯 살에 만난 음악 선생님이 심어준 기억이 떠올라서였다.

1990년대 중반, 목동에서 중학교를 다닌지라 주변에 가정 형편이 어려운 친구를 찾아보기 어려웠다. 오히려 너무 유복하게 자라 값비싼 브랜드의 옷과 신발, 가방으로 치장하고 패밀리 레스토랑을 분식집 드나들듯 가는 친구들이 많았다. 학부모 입김이 거센 학군으로 유명하기는 했으나 촌지가 오가는 현장 같은 것을 직접 보지는 못했다. 다만 매년 스승의 날이면 교무실 책상마다 명품 브랜드 선물 상자와 백화점 쇼핑백이 수북하게 쌓였다. 우리 집도 목동에 있기는 했으나 백화점에서 교사 선물까지 사다 바칠 경제력이 있지는 않았다. 부모님이 동네에서 잡화점을 운영했기에 매번 어머니가 포장해준 머그컵, 탁상시계와 같은 작은 선물을 담임교사 책상에 올려두기는 했다.

이런 식의 90년대 선물 문화 때문에 요즘에는 스승의 날 휴교를 해서 학생과 교사 간 접촉을 차단하는 학교가 많다고 들었다. 사실상 과거에도 스승의 날에는 수업을 하지 않았으니 이럴 거면 왜 학교에 가는가 싶기는 했다. 스승의 날 학교에 가면 학생들이 담임교사를 위해 '스승의 은혜' 노래를 합창하고, 용돈을 모아 마련한 돈으로 케이크와 꽃다발을 사서 전달하는 기념식을 치렀다. 기념식을 시작하기 전까지 교실 칠판과 벽면에 풍선을 가득 달고 선생님께 감사하다는 내용의 롤링페이퍼를 쓰도록 강요받기도 했다. 이런 우스꽝스러운 '스승의 날' 기념식을 하느라 학교 수업을 진행하지 않았다는 게 지금 돌이켜 보면 그저 기막힐 따름이다.

기념식이 끝난 뒤에도 학생들은 여러 학급과 교무실을 오가며 다른 교과목 교사에게도 선물을 돌렸다. 그때 교무실에 가서 모든 교과목 교사에게 선물을 전하고 온 친구가 교실로 돌아와 이걸 어쩌면 좋으냐며 난

감해했다. 무슨 일이냐고 물으니 음악 선생님께 드린 선물을 되돌려받았다는 것이다. 어머니께서 사주신 물건 같으니 반드시 어머니께 가져다드리고 다시는 어떤 교사에게도 이런 선물을 하지 말라는 말까지 들었다고 했다. 친구가 손에 쥔 선물이 무엇인지 보니 명품 브랜드 화장품이었다.

그때는 교사에게 그런 선물을 하는 학생이 흔했기에 그것이 잘못된 일이라는 생각을 해본 적 없었다. 그저 남들 다 하는 흔하고 자연스러운 일이고, 오히려 그렇게 못하는 나에게 불이익이 생기지는 않을까 걱정해야만 하는 시절이었다. 그런데 친구의 손에 들린 명품 화장품을 보자, 이것이 진짜 잘못된 일이라는 인식이 밀려들었다. 중학교 3학년, 열여섯 살의 나이에 명품 브랜드 화장품을 교사에게 선물하는 일이 당연하게 여겨지는 세계에서, 이것이 명백히 잘못된 일임을 가르쳐주는 사람은 음악 선생님 한 명뿐이었다. 그분 외에 어떤 교사도, 심지어 부모님조차도 인간 행위의 진실함과 진정성에 대해서 가르쳐주지 않았다. 그래서 눈 가리고 아웅 하는 식으로 저마다의 목적에 맞는 가식적인 언행과 물질을 주고받는 비상식적인 세계가 10대의 아이들에게 고스란히 전해지고 있었다.

음악 선생님은 수업 방식에 있어서도 이전에 보아 온 교사들과 많이 달랐다. 하루는 칠판에 '카르멘'이라고 적더니 우리는 이제부터 오페라 〈카르멘〉을 함께 볼 거라고 말했다. 교과서에 있지 않은 내용이었고, 그러므로 당연히 시험에 나올 일도 없는 작품으로 무슨 공부를 한다는 것인지 알 수 없었다. 학생들이 어리둥절해하거나 말거나, 선생님은 비디오테이프를 재생해 오페라 〈카르멘〉 공연에 실사 애니메이션을 덧입혀 만든 영상을 보여주었다. 세비야의 담배 공장 여공이 휴식시간에 광장으로 쏟아져 나오고, 그곳을 지나던 군인이 여공을 희롱하는 모습으로 시작하는 영상이었다. 카르멘이 머리에 붉은 꽃을 달고 등장하자 모두가 그녀를 바라보며 사랑을 구했다. 그때 선생님이 두 눈을 반짝이며 "이제 여기서 카르멘이 '하바네라'를 부를 거야."라고 말했다.

20여 년이 지난 지금 그 시간을 돌이켜 보면, 무언가에 홀리기라도 한 사람처럼 반짝이는 눈빛으로 〈카르멘)을 설명하던 음악 선생님의 모습이 가장 먼저 떠오른다. 카르멘이 어째서 연인 돈 호세를 배반하고 투우사 에스카미요와 사랑에 빠지는지, 호세는 왜 그런 카르멘을 순순히 잊지 못하고 끝내 복수하고 마는지 이해할 수 없는 모호한 작품으로 남아 있기도 했다. 좋은 집, 좋은 학교, 좋은 부모, 좋은 교사, 좋은 학생…… . 사회가 정해주고 어른이 시키는 대로 살아야 안전할 수 있는 세계에서 오페라 〈카르멘〉 속 인물을 이해하기란 너무도 어려웠다. 더불어 음악 선생님이 왜 그토록 열정에 가득 차서 〈카르멘〉을 보여주고 설명하는지까지도.

시간이 흘러 서른여섯 살이 된 내가 흐릿하게 남은 20년 전 기억과 의문을 더듬으며 오페라 〈카르멘〉을 보러 광화문 세종문화회관으로 향했다. 그때까지도 오페라가 어떤 공연이고 〈카르멘〉이 어떤 내용인지 제대로 모르는 채였다. 저렴한 티켓을 구매한지라 객석 가장 뒤쪽 자리에서 공연을 보았다. 외국어로 노래하는 성악가의 얼굴이 제대로 보이지 않았고, 무대 위로 자막 화면이 떠 있어 자막과 공연을 번갈아 보는 방식이 낯설었다. 그럼에도 무대 아래쪽에서 '하바네라'와 '집시의 노래', '투우사의 노래' 등을 연주하는 오케스트라, 엄청난 규모의 합창단과 무용단, 거기에 화려한 미술과 구조적인 연극까지 어우러진 그야말로 종합예술의 현장을 눈앞에서 보니 온몸에 소름이 돋았다.

어릴 적부터 궁금했던 것은 카르멘이 돈 호세를 배반한 이유였다. 호세는 오직 카르멘을 사랑했는데, 그토록 순정적이고 헌신적인 호세의 사랑을 카르멘이 왜 저버리는지 알 수 없었다. 마침내 공연을 다 보고 나자, 그동안 품어온 두 가지 의문이 한꺼번에 풀렸다. 첫 번째로 카르멘은 호세도, 에스카미요도 사랑하지 않았다는 것. 그녀가 사랑한 것은 오직 자기 자신이었다. 스스로를 위해 정열을 불태우며 자유롭게 살아가는 카르멘. 그녀는 단지 자신의 내부에서 일어나는 욕망에 충실한 자유로운 인간일 뿐, 누군가의 소유가 되어 구속받는 삶을 살지는 않았다.

그와 동시에 두 번째 의문이 풀렸다. 중학생 때 음악 선생님이 왜 오페라 〈카르멘〉을 학생들에게 보여주었는지, 왜 그토록 열의에 차서 카르멘의 삶과 사랑과 노래를 설명했는지 말이다. 선생님은 우리에게 보여주고 싶었던 것이다. 누군가의 소유물이 되거나, 타인이 정해놓은 방식대로 따라가는 삶이 아닌, 자기만의 선택으로 생을 살아가는 카르멘의 모습을. 그 끝이 설사 비극일지라도, 세상에서 정해놓은 기준에 따라 안정적으로 살아가는 사람이 아니라 자신만의 생을 뜨겁게 불태우며 살아가는 인간의 모습을 일깨워주고 싶었던 것이리라.

사랑은 자유로운 새라서 길들일 수 없어. 아무리 불러도 들은 척도 안 하지. 겁주고 기도하고 애교 부려도 안 되고, 저렇게 가만히 있으면 오히려 관심이 가지. 그게 사랑이야. 사랑은 집시처럼 자유롭기 때문에 피하면 사랑하고 사랑하면 달아나. 조심해. 매정하면 사랑하고, 사랑하면 매정해져. 그러니 사랑할 때는 조심해야지.

카르멘이 노래한 길들일 수 없는 자유로운 새처럼, 막걸리의 누룩 속 수많은 미생물 또한 다양한 맛으로 뻗어나가게 마련이다. 결코 쉽지 않은 우리 술 시장에서 보기 드문 창의력을 가지고 끊임없이 새로운 맛을 생산하기 위해 도전해 나가는 C막걸리의 열정과 뚝심 또한 카르멘의 정열과 신념을 닮았다. 카르멘이 노래하는 '하바네라'를 들으며 C막걸리 속 쌀, 물, 누룩, 과일, 야채, 식물 등 다양한 부재료가 빚어내는 오페라와 같은 향연을 만끽해보게 되는 이유다.

세월의 깊이를 품은 시와 술

── 해와 달이 담긴 해월 약주

그 인사동 포장마차 술자리의 화두는

'흘린 술이 반이다'

연속극 보며 훌쩍이는 내 눈, 턱 밑에 와서

"우리 애기 또 우네" 일삼아 놀리던 그이

요즘 들어 누가 슬픈 얘기만 해도 눈물 그렁그렁

오늘도 퇴근길에 라디오 들으며 한참 울다가 서둘러 왔

다는 그이

새끼제비 날아간 저녁밥상, 마주앉은 희끗한 머리칼

둘이 서로 측은히 건네다 본다

흘린 술이 반이기 때문일까

함께 마셔야 할 술이

아직은

술병에 반쯤 남았다고 믿고 싶은 눈빛일까

속을 알 수 없는 안 보이는 생명의 술병 속에

＿ 이혜선, (흘린 술이 반이다)

투명한 유리병 속에 담긴 희부윰한 술의 색을 보고 있자니 속을 참 알 수 없다는 생각이 들었다. 노란 황혼 빛 하늘에 떠오르는 저녁 안개 같기도 하고, 밤하늘에 흩뿌려진 은하수 같기도 한 '해월' 약주 이야기다.

해월은 전라남도 장성군 내장산에 있는 백양사 관광지구 해월도가에서 임해일 선생이 손으로 직접 빚은 약주다. 술의 색이 다소 부옇게 보이는데, 자동화 기계 없이 직접 쌀을 찌고 누룩과 버무려 옹기에서 장기 발효하고 용수를 박아 조심스럽게 떠낸 가양주 방식의 술이라서 그렇다. 이때 아래로 가라앉은 탁주의 잔여물이 조금씩 떠오르지만 여과기를 사용하지 않고 그대로 병입한다. 그래서 술을 마실 때마다 하얀 술지게미가 조금씩 가라앉았거나 떠오르거나 한다. 쌀로 빚은 술의 맑은 부분과 탁한 부분이 하나의 술병에 공존하는 것처럼, 해와 달이 하나의 하늘에서 마주하는 찰나의 순간을 술병 속에 고스란히 담아놓은 것만 같다. 장인이 빚은 손맛을 그대로 느낄 수 있는 술은 흔치 않기에 더욱 귀하게 다가온다.

술을 빚는 모든 공정이 가내수공업 방식으로 이루어지니 생산량이 극소량이고, 따로 홍보하질 않으니 세간에 알려진 바가 많지도 않은 술이 바로 해월이다. 우리 술 공부를 하고 모임에 나가 인연을 맺은 양조사들 사이에서 기계로 빚은 술은 비견할 수 없을 정도로 빼어난 맛이라는 풍문만 간간이 오갈 뿐, 판매처를 찾을 수 없어 오랫동안 애가 닳던 술이기도 하다. 양조장에서 온라인 판매를 하고는 있으나 생산량이 적으니 술이 나오는 경우가 흔치 않고, 어쩌다 입고되어도 얼마 안되어 바로 품절되어 버렸다. 별수 없이 매일 해월약주 홈페이지에 들어가 입고 상태를 확인해 겨우 한 병 주문할 수 있었다.

술의 재료는 찹쌀, 멥쌀, 물, 누룩으로 매우 단순하

다. 그러나 술을 잔에 따라 맛을 보면 단순함 너머의 어마어마한 깊이가 느껴진다. 술이 입에 닿는 순간 아주 맑고 고운 옥구슬이 입속에서 굴러가는 것만 같다. 그 맑음과 고움을 한 모금 머금고 있으면 이내 새콤한 과일을 입에 문 듯한 은은한 산미가 뿜어져 나온다. 오랜 발효 기간으로 인해 단맛이 줄어들어 드라이하면서도 향긋한 산미가 살아나는 매력적인 술로 빚어진 것이다. 마치 인생의 절반을 지나오며 온갖 단물이 빠져나간 사람처럼 어딘가 모르게 밋밋하고 공허한 느낌이 들지만, 가만히 음미할수록 오랜 내공으로 쌓인 삶의 진실한 내면이 드러나는 기품 있는 중년을 마주하는 듯했다.

인사동 포장마차 술자리에서 흘린 술이 반이라며 그저 흘러간 인생을 돌아보고 감성 어린 눈물을 떨구는 시인의 모습이 떠오른다. 인생 또한 찰나라고 했던가. 살아오는 동안 그 많은 술을 대체 어디서 흘렸는지 알 수 없지만, 그럼에도 아직은 절반의 술이 생명의 술병 속에 고스란히 남아 있음을 시인은 믿고 있다. 현자는 과거와 미래가 아닌 오직 지금 이 순간을 살아간다고 했다. 해월 약주를 한 잔 들이켜는 순간이면 하늘의 명

을 깨달아가는 지천명 세월이 그저 아쉽거나 두렵지만
은 않을 듯하다. 속을 알 수 없는 생명의 술병 속 세월의
잔해와 기품이 서린 맑고 고운 술이 아직은 절반이나
남아 있음을 깨달으며, 우리 앞에 놓인 삶을 오히려 긍
정할 수 있다.

사람의 인생과 세월의 깊이를 품은 시와 술이 있는
한, 나에게 남은 생명의 술이 얼마큼이든 관계없이 주
어진 시간을 언제나 긍정하며 살아갈 수 있을 법하다.

술과 문학과 친구를 읽는 밤
──지초와 난초의 향기로운 사귐

저 맑고 고운 분홍은 어디서 나온 것일까? 전라북도 순창에서 무화과 농장을 운영하는 부부가 전통 방식을 고수하며 손으로 직접 빚은 술. 바로 '지란지교' 탁주를 술잔에 따르며 의문이 떠올랐다. 탁주라면 쌀을 원료로 빚은 술이기에 내부분 흰색을 띄고 있다. 맛깔스러운 색감을 내기 위해 강황 가루나 옥수수 가루를 첨가해 노란색인 경우는 종종 보았다. 지란지교는 손으로 직접 빚었다고 하니 식용색소나 식품첨가물로 색을 내지는 않았을 터. 볼수록 마음 차분해지는 분홍 빛깔에 홀려 한참 동안 멍하니 바라보았다. 소믈리에가 술을 시음할 때 눈으로 먼저 맛본다고 하던데, 자연스럽게 눈으로 음미하게 만드는 자태를 가진 술이 바로 지란지교였다.

분홍색 술의 빛깔을 눈으로 좀 더 즐기고 싶어 투명한 와인 잔에 탁주를 따랐다. 술이 크고 둥근 와인 잔의 내벽을 타고 올라오며 향이 더욱 진해졌다. 잔을 흔드니 탁주의 윗술과 아랫술이 섞여 한층 강렬한 향이 뿜어져 나왔다. 그렇게 잔 속에서 레몬처럼 상큼하기도 하고, 들판에 핀 들꽃처럼 알싸하기도 한 향이 피어올랐다. 입안에 들어오자 강렬할 정도로 새콤한 맛이 가장 먼저 다가왔다. 식초와 같은 강렬한 산미 너머 과실의 달콤함과 향긋함이 입안 가득 차올라 눈이 크게 떠졌다. 이내 술을 넘기고 나면 뿌리채소에서 느껴봄 직한 쌉싸래한 맛의 여운이 번져나갔다. 도대체 어떤 재료로 이런 맛과 향과 색을 냈을까?

지란지교 양조장이 있는 전라북도 순창 지역은 예로부터 고추장으로 명성이 자자한 발효의 고장이었다. 지란지교 양조장의 대표 부부는 본래 이곳에서 무화과를 재배해왔다. 그리고 무화과 농사가 안정적으로 자리를 잡자 무화과 식초를 개발하기 위해 누룩 제조 과정을 공부했다. 이때 식초와 술을 만드는 과정이 같은 것을 보고 자연스럽게 양조에 흥미를 가지게 되어 탁주를 빚기 시작했다.

'지란지교'라는 이름은 이들 부부가 전통주를 배우며 인연을 맺은 한국전통주연구소의 박록담 소장이 지어준 이름이다. 원래는 '설주'라고 이름 붙여 '혀로 맛보고 음미하며 가슴으로 마신다'는 의미를 담으려 했는데, 박록담 소장이 이들 부부의 화목한 모습을 보고 《명심보감》 (교우) 편에 나오는 '착한 사람과 같이 살면 향기로운 지초와 난초가 있는 방 안에 들어간 것과 같아서 그 향기가 동화된다'는 뜻의 '지란지교芝蘭之交'를 권했다. 그렇게 해서 보기 좋고 화목한 부부가 빚는 술이라는 뜻과 더불어, 좋은 친구와 함께 마시며 향기로운 사귐을 이어가기 바라는 마음을 담은 술 지란지교가 완성되었다.

술과 친구의 향기로운 사귐이라는 말에 창작 레지던스에서 보냈던 무더운 여름이 떠올랐다. 때 이른 폭염에 오전부터 푹푹 찌는 날씨가 이어지는데 집필실 에어컨이 가동되지 않았다. 사정을 알아보니 전기 배선

문제로 당분간 에어컨 사용할 수 없다고 했다. 어쩔 수 없이 무더운 집필실을 피해 시원한 카페나 도서관으로 가서 글을 써야 하는 상황이었다. 그래서 찾아간 카페의 구석자리에 웬 남자분이 통기타를 들고 고개를 수그린 채 손가락으로 현을 튕기고 있었다. 무슨 곡을 연주하려나 싶어 귀를 기울였는데, 손가락 연습만 하는 듯했다. 어떤 분일까 싶어 자세히 보니 《침묵주의보》, 《젠가》, 《정치인》 등 사회적 문제를 화두로 소설을 쓰는 정진영 소설가였다. 언론 기사와 방송에서 얼굴을 본 적이 있어 매우 반가웠다. 내가 다가가 혹시 정진영 작가님 아니냐고 물은 뒤 내 소개를 하자 그도 자리에서 벌떡 일어나 인사를 했다.

그날 이후 카페나 도서관을 갈 때마다 정진영 소설가와 마주쳤다. 미리 약속한 것도 아닌데 내가 도서관에 가보면 이미 정진영 소설가가 자리에 앉아 글을 쓰고 있었다. 집필실이 무더운 건 다들 마찬가지일 텐데, 유독 그와 나만 더위를 못 참는 걸까? 하루 종일 에어컨 바람이 나오는 넓은 공간에서 정진영 소설가와 단둘이 마주 앉아 오후 다섯 시까지 각자 원고를 써나갔다. 그리고 오후 다섯 시가 되어 슬슬 출출해지기 시작하면 누가 먼저랄 것도 없이 술을 마시러 나갔다. 정진영 소설가는 안주가 맛있는 집을 귀신같이 찾아내는 재능이 있었다. 혼자서 이미 여러 번 가본 곳이라며 이끌어주는 술집에 가보면 정말 맛없는 안주가 하나도 없었다. 하루는 벌겋게 볶은 돼지껍데기에 소주를 마셨고, 하루는 가마솥에 튀긴 통닭을 뜯으며 맥주를 마셨고, 하루는 식탁에서 직접 부쳐 먹는 육전에 막걸리를 마셨고, 하루는 탕수육에 고량주를 마셨다. 그러다 해가 완전히 져서 선선한 바람이 불어오는 저녁이면 편의점에서 저가 위스키 한 병과 돌얼음을 사서 집필실 앞 탁자에 앉아 함께 마셨다. 밤이 되면 각자 집필실로 돌아가 잠들고, 다음 날 오전이 되어 다시 도서관이나 카페에서 만나 또 각자 글을 쓰고, 저녁이 되어 술을 마시러 나가는 일상이 자연스레 이어졌다.

정진영 소설가는 내가 이제까지 보아온 어떤 소설가와도 달랐다. 10여 년간 언론사 기자 생활을 해와서 그런지 사회문제에 민감하고, 불의를 보면 크게 분노하고 저항했다. 반면에 나는 감정에 굉장히 예민하고, 섬

세한 감성을 돌보기 좋아하는 성향이었다. 관심을 두는 대상도 인간의 외부로 드러나는 세계보다는 보이지 않는 내면에 더 가까웠다.

정진영 소설가와 내가 둘 다 소설을 쓰지 않았더라면 인생에 단 한 번도 마주칠 일이 없었을 것이다. 서로 다른 식물인 지초와 난초처럼 성별도 나이도 성격도 성향도 완전히 다르지만, 오직 술과 문학을 사랑한다는 이유만으로 가까워진 독특한 인연이다. 그야말로 '술과 향기로운 사귐'이 아닐 수 없다.

지란지교를 마시며 그의 소설 《나보다 어렸던 엄마에게》를 읽어본다. 한 잔 두 잔 술잔을 기울이는 사이 지란지교의 아름다운 색과 다채로운 향기 그리고 새콤달콤한 술맛이 기분을 좋게 만들었다. 술과 문학과 친구의 향기로운 사귐이 있으니 인생에 부러울 것이 없다.

서촌의 정취와 낭만이 어린 술
—— 옛것을 입혀 새로워지는 서촌막걸리

소설가의 꿈을 가지고 뒤늦은 나이에 대학에 들어 갔지만, 국문학을 공부하는 것과 소설을 창작하는 것은 꽤나 다른 일이었다. 국문학과에서는 한국어와 한국문 학을 나누어 공부하고, 한국어 수업에는 중세국어학, 한국어사, 사회언어학, 현대국어학 등이 있었다. 한국 문학 과목은 고전문학과 현대문학으로 나누어지고, 여 기서 다시 고전소설, 향가, 고려가요, 구비문학, 현대문 학론, 현대문학사, 현대시론 등으로 분류된다. 학창시 절 국어 수업을 가장 좋아하며 문학 작품을 많이 읽어 온 나는 국문학과가 적성에 맞을 줄 알았지만, 예상보 다 훨씬 전문적이고 학문적인 수업에 적응하기 어려웠다. 학과 동기들 대부분이 학원에서 국어를 가르치는 부업을 했고, 일부는 교직 과정을 이수해 임용고시를 준비했다. 독서지도사나 논술교사가 되려는 이들도 있었지만, 시인이나 소설가가 되기를 희망하는 학생은 한 명도 없었다. 시와 소설, 문예지를 즐겨 읽고 신춘문예 당선작을 찾아 읽는 사람 또한 찾아보기 어려웠다.

전공 수업의 내용은 너무도 난해했고, 교사나 공무원의 꿈이 있지도 않았지만 학과 공부를 게을리할 수는 없었다. 소설가의 꿈을 이룰 수 있으리라는 확신이 없던 나로서는 어떻게든 학교를 졸업하고 싶었다. 대학 졸업장이 있어야만 훗날 무슨 일이라도 할 수 있을 것 같았고, 혼자 벌어서 학비와 생활비까지 감당해야 하는 형편이라 성적 장학금도 꼭 받아야 했다. 그렇게 일하고 공부하면서도 창작에 대한 열망을 포기할 수 없어 서울에 있는 소설 창작 교실을 찾아보았다. 때마침 윤후명 소설가의 창작 교실에 대한 기사가 신문에 크게 실려 있어 그 기사를 읽고 월간《현대문학》의 작가 주소록을 찾아 전화를 걸었다. 소설 쓰기를 배우고 싶다고 말하자 선생님은 수업 시간과 장소, 수강료 등 간단한 정보를 알려주었다. 수업은 한 달에 두 번 격주로 이어졌고, 수업 장소는 서울 서촌이었다.

그렇게 한 달에 두 번씩 청주에서 서촌으로 가 소설 창작 수업을 듣기 시작했다. 30대 대학원생부터 40대와 50대 직장인, 주부, 사업가 등 다양한 사람들이 수업을 들으러 왔다. 성별, 나이, 직업군은 모두 달랐지만, 다들 문학을 1순위로 두고 소설을 쓰겠다는 일념으로 똘똘 뭉쳐 있었다. 그들은 내가 읽는 문학 작품과 작가에 대해 잘 알았고, 동 세대 한국문학과 문예지를 꼼꼼히 읽었다. 생에 처음으로 나와 같은 사람들을 만나 내가 읽는 소설 그리고 내가 쓰는 소설에 대한 이야기를 마음껏 나눌 수 있었다.

창작 수업이 끝나면 서촌에 있는 한식 주점에서 뒤풀이 시간을 가졌다. 선생님과 함께 10명 내외의 학생들이 모여 앉아 전골과 볶음 안주를 하나씩 시켜두고 한국문단과 기성작가, 출판계에 대한 이야기를 끊임없이 나누었다. 1차로 저녁 식사와 반주를 마치고 나면 종로에 있는 포장마차로 가서 밤새도록 이야기꽃을 피우기도 했다.

그때 나는 서촌에서 접하는 모든 순간에 끝없는 공감과 위로를 받아서 돌아오곤 했다. 소설이라는 주제 하나로 어떻게 그토록 다양한 사람들과 수많은 이야기를 나눌 수 있었을까? 5년 가까이 소설 창작 수업을 들으며 서촌, 종로, 광화문 일대에서 마신 술이 얼마나 될지 가늠조차 할 수 없다. 특히 2차로 자리한 주점이나 포장마차에는 윤후명 선생님의 동료와 후배 문인들이 찾아와 수강생들과 함께 이야기를 나누기도 했다. 소설가를 꿈꾸는 학생으로서 기성 문인과 만나 술자리를 가져보는 상황이 처음이었고, 술에 취한 와중에도 나에게는 아이돌과 같던 그들의 이야기를 귀담아들으려 무척이나 애를 썼다. 그래서인지 나에게 서촌은 술에 취해 비틀거리며 문학을 노래하는 장소로 가슴속에 아로새겨져 있다.

돌이켜보면 서촌은 예로부터 문학과 낭만이 흐르는 동네였다. 천재 시인이자 소설가로 유명한 이상 작가는 서촌에서 거주하며 서촌을 배경으로 한 소설 〈날개〉를 쓴 것으로 유명하다. 그가 어릴 때 입양되어 자랐던 집이 보존되어 현재 '이상의 집'으로 운영되고 있으며, 청운공원을 지나 부암동 자락으로 오르다 보면 윤동주 문학관을 만날 수 있다. 그리고 서촌 골목 곳곳에는 시와 노래와 낭만을 즐길 수 있는 동네책방과 북카페도 있다. 이처럼 문학적 감성이 만연한 서촌의 골목에서 과거의 주막 문화를 이어가고자 탄생한 우리 술이 있다. 바로 온지술도가의 '서촌막걸리'이다.

온지술도가는 15년간 요식업계에 종사해오다가 양조인으로 거듭난 김만중 대표가 옛것을 익혀 새롭게 한다는 온고이지신溫故而知新의 정신으로 세운 양조장이다. 그는 한때 일식집을 운영하다가 일본의 사케가 아닌 우리 술을 생선회와 함께 내놓고 싶다는 바람이 생겨 양조를 시작했다. 그 후 경복궁 옆에 서촌주막을 열어 한식 안주에 어울리는 수제막걸리를 빚어 판매한 것이 서촌막걸리의 시초였다. 그러다 본격적으로 양조업에 종사하고자 은평구에 양조장 간판을 내걸고 술을 빚기 시작했다.

온지술도가에서 빚은 술 서촌막걸리의 뚜껑을 열면 상큼하면서도 달큰한 향기가 피어오른다. 그 사이로 구수한 누룩의 향도 서서히 나타난다. 술을 입에 넣으면 자극적인 산미가 먼저 느껴지고, 뒤이어 과일과 같은 달큰한 맛과 함께 은은한 곡물맛이 혀를 휘감는다. 복숭아, 살구의 부드러운 과육과 풍부한 과즙이 떠오르기도 하고, 새콤달콤한 자두와 청포도가 연상되기도 한다. 거기에 찹쌀의 부드럽고 달큰한 감칠맛까지 입혀져 조화로운 맛을 낸다. 산뜻한 과실향과 구수한 곡물향 그리고 매력적인 산미가 어우러진 균형감이 빼어난 막걸리다.

찹쌀로 빚은 서촌막걸리 외에도 오미자, 쑥, 송순, 레몬을 활용해 빚은 부재료 막걸리 군단도 저마다 개성 있는 맛을 자랑한다. 쑥을 넣어 빚은 '온지 쑥!' 막걸리는 봄날 쑥내음을 느끼며 들기름에 구운 쑥 절편과 함께 먹으면 든든한 한 끼로 손색이 없다. 오미자를 넣은 '온지 오!' 막걸리는 여름날 얼음과 함께 시원하게 마시며 몸의 열을 식히기 좋고, 솔향이 솔솔 피어오르는 '온지 솔!'은 송순의 향긋함과 함께 찹쌀의 깊은 풍미가 살아 있어 애주가들이 사시사철 즐겨 찾는 술이다. 레몬 막걸리 '온지 몬!'은 제주산 레몬의 향긋함과 찹쌀의 풍미가 어우러진 색다른 맛의 조화를 보여준다.

190

양조장에서 직접 디딘 누룩을 사용해 빚을 때마다 술맛이 조금씩 달라지는 고유한 개성을 담아낸 서촌막걸리를 마실 때면 근대 한국문학을 읽으며 느꼈던 정겹고 낭만적인 향수가 어린다. 이상의 소설을 비롯해 서민의 삶을 사실적으로 그려내는 현진건, 채만식, 김유정, 나도향, 이효석, 계용묵 등 근대문학 작가의 소설을 읽으며 그 시절 주막 문화를 담아낸 향긋한 우리 술을 느껴보면 좋겠다. 서촌 거리의 정취와 문학적 낭만을 서촌막걸리 속에서 찾아볼 수 있을 테니.

지치고 외로운 여행자의 삶

—— 지역과 문화가 어우러지는 오산의 술

검푸른 바다 위, 나룻배에 몸을 실은 사람들 틈에서 무거운 코트 차림의 여인이 별안간 바다로 뛰어든다. 여인은 거친 물살을 가로지르며 파도에 쓸려가던 자신의 화구함을 가까스로 붙들고 다시 나룻배에 오른다. 물에 젖은 옷 때문에 추위에 덜덜 떨면서도 화구함만큼은 생명줄처럼 붙들고 놓지 않는 여인 마리안느. 그녀는 망망대해를 건너 섬에 다다른 뒤 젖은 몸을 말릴 새도 없이 숨 가쁘게 걸어 섬 안쪽에 자리한 귀족의 저택으로 향한다. 그리고 하녀의 안내를 받아 저택 위층의 방에서 젖은 옷을 벗고 벽난로 앞에 앉아 담배를 태우며 몸의 물기를 말린다. 이쯤 되면 그만 피곤에 지쳐 잠에 빠져들 법도 한데, 어쩐 일인지 마리안느는 쉬이 잠들지 못하고 아래층 부엌으로 내려간다. 그곳에서 커다란 빵과 치즈를 찾아내 식탁에 앉아 무작정 먹는다. 그때 하녀가 부엌으로 들어와 마리안느를 쳐다보자 그녀는 그저 배가 고팠다고 말한다. 그리고 묻는다.

"와인이 있나요?"

하녀는 당연하다는 듯 부엌 한편에서 와인병을 꺼내 잔에 따른다. 메마른 빵과 단단한 치즈로 입속을 채우고 있던 마리안느는 투명한 유리잔에 차오른 붉은 와인을 꿀꺽 삼킨다. 와인잔을 내려놓고 나서야 하아, 깊은숨을 내쉬며 심신의 안정을 되찾는다. 셀린 시아마 감독의 영화 〈타오르는 여인의 초상〉 도입부 장면이다.

영화의 전체적인 내용과는 상관없는 이야기일지 모르지만, 영화를 보는 내내 나는 다른 무엇보다도 그저 빵과 치즈, 와인을 섭취하고 싶은 욕구를 느꼈다. 곡물이 발효되어 부풀어 오른 빵, 우유의 단백질을 모아 발효한 치즈, 과실을 발효하고 숙성한 와인. 이 세 가지 음식의 조합이 어딘가 모르게 몸과 마음의 깊숙한 곳으로 내려앉았다.

193

몸과 마음의 허기를 달래주는 발효음식은 한국인에게도 매우 친숙하다. 서양인에게 빵, 와인, 치즈가 있다면 한국인에게는 오래 삭은 김치와 푹 익은 된장 그리고 잘 빚은 막걸리 한 잔이 소울푸드가 아닐까 싶다.

막걸리와 와인은 모두 발효주임에도 색깔과 질감이 다르기 때문인지 서로 완전히 다른 술인 듯한 느낌이 난다. 효소로 곡물을 쪼개어 당화시킨 뒤 효모를 통해 발효되는 탁주의 맑은 부분만 떠내면 쌀로 만든 화이트 와인이라 불러도 손색없을 테지만, 술지게미를 거르면서 술의 맑은 부분과 탁한 부분이 섞인 막걸리를 서양 와인에 비견하기는 어렵다는 생각을 자주 해왔다. 그래서 외국으로 수출하는 살균막걸리 팩에 'RICE WINE'이라고 써놓은 문구를 보면 외국인이 한국 술에 대한 오해와 편견을 가지지 않을까 싶었다. 한국인은 와인이 무엇인지 모르거나 와인 빚는 방식을 모르는 것으로 말이다.

오산양조장에서 생산하는 '오산막걸리'를 처음 맛본 날, 그동안 해오던 걱정과 우려가 훅 쓸려 내려갔다. 막걸리를 잔에 따를 때부터 지금까지 와인에서나 맡아보았던 바닐라 향이 강하게 피어오르는 까닭이었다. 막걸리에서 이런 심오한 바닐라 향이 나다니! 설레는 마음으로 술을 입에 머금자 진득한 캐러멜과 꼬릿한 발효 치즈 맛이 순차적으로 이어졌다. 나도 모르게 "이게 진짜 라이스 와인이구나" 소리가 나왔다. 안주 또한 가벼운 크래커에 치즈와 하몽을 얹은 카나페 혹은 올리브와 토마토, 리코타 치즈를 섞은 샐러드가 어울렸다. 파전과 보쌈을 펼쳐두고 벌컥벌컥 마시는 막걸리와는 다른 진득하고 농밀한 풍미가 술의 저변을 넓혀주었다.

오산양조장의 '하얀 까마귀' 탁주 또한 부드러운 질감에 좀 더 향긋한 과실향이 뿜어져 나오는 술이다. 적절하게 감도는 에탄올 향은 육류를 먹을 때 즐겨 마시던 아르헨티나 말벡 와인을 닮았다. 그래서인지 폴드 포크나 브리스킷 같은 바비큐 요리와 곁들이면 좋았다.

오산양조장은 오산에서 나는 세마쌀을 원료로 옛 오산막걸리의 명맥을 잇는 술을 빚고 있다. 오산양조장에서 생산하는 모든 제품에는 '오산'이 담겨 있다. 오산 지역의 이름을 그대로 따온 오산막걸리는 물론, 하얀까마귀 막걸리 또한 오산을 상징하는 까마귀가 막걸리를 마시며 하얀색이 되었다는 서사를 담고 있다. 이곳에서 빚은 발효주를 증류한 '독산' 소주도 오산의 독산성 세마대지라는 명승고적의 이름에서 따왔다.

오산은 작은 지역임에도 불구하고 세마쌀이라는 특산품이 있고, 오산양조장은 점점 줄어드는 농지를 지키겠다는 사명감과 책임감을 가지고 술을 빚는다. 오산양조가 중심이 되어 지역의 자원을 사용하고 인재를 기용하는 선순환 작업을 해나가는 것이다. 또한 양조장의 첫 제품이 출시되기 전부터 지역 주민을 대상으로 우리 술 교육을 해온 점도 놀랍다. 오산 지역의 미8군 복무자를 위한 체험교육과 함께 매달 마지막 주 토요일에 타양조장 대표를 초청해 강연하는 시간도 마련하고 있다. 더불어 양조장 창업을 원하는 이들에게 준비 과정에 대한 상담을 해주기도 한다. 단순히 우리 술을 생산하고 판매하는 것을 넘어, 지역의 자원과 인재를 통해 많은 이들에게 우리 술의 역사와 문화를 이어가려는 다양한 시도를 멈추지 않는 곳이다.

지역 사회에서의 상생과 화합을 강조하고 실천하는 오산양조장의 운영 방식이 마음에 와닿는 이유는 사람은 결코 혼자서 살아갈 수 없기 때문이다. 하지만 (타오르는 여인의 초상〉 속 마리안느처럼 우리는 각자 지치고 외로운 여행자의 삶을 살아가고 있다. 이런 우리들의 일상에 잘 빚은 막걸리 한 잔이 주어지면 좋겠다. 갓 쪄낸 두부 한 조각에 간장을 찍어 입에 넣은 뒤 오산 막걸리를 한 모금 삼키면, 이 비루한 삶의 조각도 한결 부드럽고 따뜻해질 것만 같다.

당신의 어린 시절은 어떠했나요?
—— 한아양조의 일곱쌀

매년 매월 매일, 수많은 신상 우리 술이 출시된다. 주류시장 전체 출고량이 감소하는 추세와는 반대로 전통주 출고량은 나날이 증가하고 있기도 하다. 대량으로 만들어지는 술과 달리 천천히 공들여 빚어 독특한 개성이 담기고, 재료와 빚는 방식에 따라 다양한 변주가 생기다 보니 우리 술 애호가 또한 점점 늘어가고 있다. 우리 술만의 개성과 매력에 빠진 이들이 양조와 창업에 뛰어들어 자신만의 술을 출시하기도 한다. 그러다 보니 좋은 술을 빚어놓고도 소비자의 눈에 띄지 않는 경우도 허다하다. 경쟁이 점점 치열해져 온라인 홍보는 물론 술병에 붙는 상표 즉 레이블에도 엄청난 공을 들여 소비자의 시선을 사로잡으려 한다. 그런데 예전보다 훨씬 다양하고 화려해진 우리 술 시장에서 오히려 단순함으로 이목을 끄는 막걸리가 있다. 바로 한아양조의 '일곱쌀', '아홉쌀', '열두쌀' 막걸리다.

한아양조는 원래 은행에서 근무하던 한아영 씨가 인생에 정말 좋아하는 일을 하고 싶다는 바람으로 서울 방배동에 세운 양조장이다. 한아영 씨는 평소 요리하고 술 마시는 것을 좋아해 술을 직접 만들어보기 시작했다. 그렇게 양조에 빠져 은행을 그만두고 3년간 양조 수업을 들으며 다양한 술을 빚었다. 애주가만 즐기는 어려운 술보다는, 많은 이들이 즐길 수 있도록 쉽고 귀여운 술을 만들어보자는 마음이었다.

한아영 대표의 취향은 목넘김이 가벼우면서도 적당한 당도와 산미 그리고 청량감이 있는 막걸리였다. 그래서 오랜 실험 끝에 온전히 자신의 취향에 맞춘 술을 만들어냈다. 그리고 술병 디자인과 레이블을 깊이 고민하다가, 어린 시절에는 별것 아닌 일에도 많이 웃고 행복해하던 기억이 떠올라 일곱 살 때 찍은 사진을 찾아보았다. 그리고 그 사진을 그대로 술의 레이블로 사용했다. 그렇게 만든 술의 에탄올 도수가 7도, 9도, 12도라서 각각 '일곱쌀', '아홉쌀', '열두쌀'이라는 제품명을 붙였다. 한아양조의 술병을 보면 아무런 설명도 제품명도 없이 한아영 대표의 어린 시절 사진만 붙어 있어 '이게 대체 무슨 술이지?' 하는 궁금증이 든다.

한아영 대표는 술을 담는 용기 또한 중요하게 생각해 조금 비싸더라도 유리병을 고수했다. 평소 먹는 것을 좋아하다 보니 음식을 먹거나 마실 때 기물이 주는 느낌 또한 중요하게 여겼다. 밥을 먹을 때도 무거운 수저를 쓰면 좀 더 맛있게 느껴져 가벼운 플라스틱보다는 묵직한 유리병이 술병에 적합하다고 생각했다. 유리병은 술의 온도를 유지하는 데에도 도움이 되고, 재활용율도 높아 환경에도 좋았다. 무엇보다 혼자서 소량으로 생산하는 술이라서 판매가가 올라갈 수밖에 없으니 플라스틱병에 담아 팔 수는 없다고 생각했다. 마시는 이들이 행복해지길 바라는 마음으로 술을 빚는 만큼 소비자가 보다 대접받는 느낌이 들기를 원했다.

한아양조의 술은 향긋하고 맑아서 기름지고 무거운 음식보다는 가벼운 음식과 매치하는 게 좋았다. 특히 치즈에 올리브오일을 살짝 뿌려 먹으면 '일곱쌀'과 궁합이 좋았다. 한아양조 술은 일주일 정도 지나면 스파클링 와인과 같은 탄산이 많이 올라와 서양 요리와도 잘 어울렸다.

'아홉쌀' 막걸리는 당도와 바디감이 한층 강하게 느껴졌다. 크림치즈와 견과류를 창란젓이나 오징어젓에 섞어 곁들이기 좋았다. 그리고 '열두쌀'은 애주가들이 많이 찾는 술로, 에탄올 함량과 당도가 높고 질감도 꾸덕하다. 술이 강렬하면서도 묵직하다 보니 짭쪼름한 안주가 제격이다. 엔초비를 크래커에 올려서 '열두쌀'을 함께 먹으니 비릿한 맛보다 향긋함이 배가됐다. 이외에도 바싹 구운 베이컨, 제주 멜젓과 흑돼지 항정살 등의 안주를 곁들여 마실 때 술맛이 더욱 살아난다.

술에도 소비기한이 있고, 시간이 지남에 따라 그 맛이 달라진다. '일곱쌀' 30일, '아홉쌀' 60일, '열두쌀' 90일인데, 나는 '열두쌀'을 냉장고에서 꼬박 석 달 가까이 묵혀두었다가 마시기를 좋아한다. 술의 병입일로부터 일주일 정도 지났을 때 맛을 보면 탄산감이 크지 않고, 향긋한 사과와 달콤한 바나나 맛이 많이 난다. 2주차부터 술에서 단맛이 줄어들고 점차 탄산이 올라오기 시작한다. 그리고 열흘이 지나면 적당한 탄산감과 당도가 돌아 마시기 아주 적절한 상태가 된다. 나는 거기서 좀 더 드라이하고 강렬한 타격감을 원해 두 달을 더 기다린다. 그러면 효모가 당분을 흡수해 술에서 당도가 거의 느껴지질 않고, 마치 탄산수와 같은 맛이 난다.

'일곱쌀' 레이블 속 일곱 살 어린아이의 환한 미소를 보며 나의 어린 시절을 떠올렸다. 어린 시절에 나는 가정형편이 좋지 않아 유치원에 갈 수 없었다. 어쩌다 여유가 생긴 달에는 어머니가 유치원에 등록해주기도 했지만, 매번 한두 달만 다니고 더 나가지 못했다.

매일 아침 아버지는 회사로 출근하고, 두 살 터울의 오빠는 학교에 갔다. 그리고 오후가 되면 어머니가 석간신문을 배달하러 나갔다. 어머니는 어린 나를 혼자 두고 일하러 나가기 불안해 나에게 집에만 있으라고 신신당부하며, 신문을 배달하는 틈틈이 거리에서 주워온 책을 내주었다. 나는 방에서 홀로 어머니가 주워온 책을 읽으며 활자의 세계로 빠져들었다. 책 속의 이야기는 현실에서 다다를 수 없는 신비한 세계로 나를 이끌었다. 시간 가는 줄도 모른 채 책을 읽고, 읽다가 까무룩 잠들기도 했다. 그러다 깨어보면 어머니가 돌아와 따뜻한 저녁밥을 차려주었다. 어린아이가 집에서 혼자 책만 들여다보는 시간이 사뭇 우울해 보일지 모르지만, 그때 나는 정말로 즐겁고 행복했다. 아무런 걱정도 근심도 불안도 없이 종일 책만 읽으며 보낼 수 있던 유년의 시간. 많은 이들이 '일곱쌀' 막걸리를 마시며 자신의 일곱 살을 한 번쯤 돌아보는 시간을 가져보기 바란다.

보이지 않는 세계에서 발견한 도시
── 건축가가 빚은 막걸리

　　미국 아이오와 대학교에서 해마다 진행하는 국제 작가들의 창작 글쓰기 프로그램에 참가하기 위해 영어 공부를 열심히 하던 때였다. 강남역에 있는 영어 학원에서 원어민 회화 수업을 들었는데, 강사가 영문학을 공부한 미국인이었다. 첫 수업 중 자기소개를 할 때 내가 소설가라고 밝히자, 강사가 나에게만 따로 책을 한 권 건네주었다. 시집처럼 작고 가벼운 책 표지에 'Invisible Cities'라고 적혀 있었다. 이탈로 칼비노의 소설 《보이지 않는 도시들》 영역본이었다.

　　원어민 강사는 이 소설을 읽고 소설가인 나와 토론해보고 싶다고 말했다. 수업 시간에 해보고 싶었지만 문학을 공부하지 않은 사람이 읽기에는 다소 어려울 것 같다고 덧붙였다. 문학에 대한 원어민 강사의 열정에 감화되어 나도 모르게 좋다고 대답해놓고 오래도록 땅을 치고 후회했다. 한글 번역서로 읽어도 이해하기 어려운 소설을 영어로 읽고 있다니……. 내가 어쩌자고 이 책을 읽어 오겠다고 장담하고 돌아왔는지, 스스로가 원망스러운 지경이었다.

그럼에도 영한사전을 찾아가며 한 문장 한 문장 읽어나가다 보니, 어렴풋한 세계 속에 조금씩 드러나는 도시의 풍경을 그려볼 수 있었다. 아무것도 없는 공터에 건물을 지으려 벽돌을 한 장씩 쌓아가는 과정과 유사하다고 해야 할까? 마침 냉장고에 있던 '건축가가 빚은 막걸리'가 떠올라 샴페인 잔에 따라 마시며 소설을 계속 읽어나갔다.

'건축가가 빚은 막걸리'는 2011년 서울특별시건축상을 받고 중국에서 대형 프로젝트를 진행할 정도로 성공한 건축가 박준우 씨가 빚는 술이다. 그는 하나밖에 없는 딸이 자연 속에서 성장하기를 바라는 마음으로 경남 통영 야소골에 생활의 터전을 마련했다. 그리고 레스토랑을 열어 사시사철 변화하는 통영의 해산물을 요리해 소개해왔다. 레스토랑은 미식가들 사이에서 입소문을 타며 금세 유명해졌으나, 통영의 해산물과 함께 내놓는 술을 와인으로만 구성하기는 부족했다. 그래서 취미로 빚어오던 막걸리를 본격적으로 빚어 해산물과 페어링을 해보았다. 이때 130번의 서로 다른 방법으로 술을 빚었고, 그중 32번째 배합이 자신이 추구하던 막걸리에 가장 적합하다는 결론을 내려 제품화했다.

건축가가 빚은 막걸리는 발포성 막걸리의 탄산을 모아주기 좋은 투명한 페트병에 제품명이 세로로 쓰여 있다. 술병 디자인과 레이블 그리고 이름에 아무런 꾸밈이 들어 있지 않은 담백한 모습이 오히려 눈에 띈다. 이 술병을 볼 때마다 궁금했다. 내가 만약 술을 빚어 상품화한다면 '소설가가 빚은 막걸리'라는 이름으로 출시할 수 있을까? 양조업은 매우 전문적인 직업이고, 거기에 또 다른 전문적인 직업을 덧붙인다는 것은 쉽지 않은 도전일 수밖에 없다. 가령 내가 '소설가가 빚은 막걸리'라는 이름으로 만든 술을 시장에 내놓는다면, 소비자는 단순히 '막걸리'가 아닌 '소설가가 빚은 술'을 맛본다는 기대감을 가지고 구매할 것이다. 그런데 그 맛이 소비자를 사로잡지 못한다면 단순히 '술이 맛없다'라는 평가만 받는 게 아니라 '소설가가 빚은 술은 맛없다'라는 인상이 더해질 터. 공연히 소설가라는 직함에 먹칠을 하지 않을까 우려돼 차마 내 본업을 붙인 막걸리를 출시하지는 못할 것 같다. 그런데 박준우 건축가는 도대체 얼마나 자기 술에 자신이 있으면 본업을 걸고 술을 만들어 상품화했을지 궁금했다.

이 술을 처음 맛본 곳은 '백술도가'라는 양조장이었다. 백술도가는 요리 연구가이자 방송인이기도 한 백종원 사업가가 운영하는 곳이다. 삼양주 방식의 막걸리인 '백걸리'를 생산하는 것으로 유명한 곳이기도 하다. 사당동에 위치한 백술도가 내부에서는 우리 술 관련 강의와 행사 등 다양한 형태의 모임이 이루어졌다. 정기적으로 시행하는 주류 시음회와 더불어 비정기 모임까지 열어 최근에 출시된 다양한 술을 많은 이들과 공유했다. 나 또한 이 모임에 신청하고 백술도가를 방문했다. 그곳에서 내가 상상한 것보다 훨씬 많은 양의 술병을 모아둔 것을 보고 놀라움을 금치 못했다. 주종, 생산지, 브랜드를 망라하는 다양한 우리 술이 서른 병도 넘게 진열되어 있었다. 게다가 주최자는 모임의 분위기가 무르익으면 미리 공개하지 않은 특별한 술까지 내어놓겠다고 말했다. 가격이 비싸고 시중에서 구하기도 어려운 수많은 술을 맛보는 천금 같은 기회이건만, 저 많은 술을 한 잔씩 마시면 취하는 것은 물론이요 미각마저 둔해져 제대로 된 맛을 구별할 수 없을까 봐 우려가 앞섰다.

모임은 정해진 순서 없이 탁자에 놓아둔 술을 자유롭게 따라서 마시는 방식으로 진행됐다. 모임을 시작할 무렵 참가자 모두 한마디씩 자기소개를 하고, 모임이 끝날 무렵 가장 맛있게 마신 술 한 가지를 추천하기로 했다. 나는 이날 동행한 친구와 함께 무슨 술을 마실지 고심하다가 건축가가 빚은 막걸리를 가장 먼저 골랐다. 제품명과 술병 디자인이 눈에 띄기도 했고, 탄산을 가둔 발포성 막걸리인 데다가 에탄올 함량이 6.5퍼센트로 낮은 편이라 술자리의 시작을 열기 좋은 술로 보였다.

건축가가 빚은 막걸리는 뚜껑을 열 때 탄산이 새어 나오며 술병 아래 가라앉아 있던 술지게미가 솟구쳐 올라 자연스럽게 윗술과 아랫술이 섞였다. 잘 섞인 술을 친구와 함께 나란히 잔에 따라 맛을 보았다. 가볍게 훅 들어오면서도 청량한 탄산감이 살아 있어 입안이 시원하고 깨끗해지는 느낌이 들었다. 무미에 가까울 정도로 맑은 물맛 사이로 쌉쌀한 맛도 살짝 섞여 나왔다. 다만 나는 달콤한 맛으로 입맛을 돋워주는 식전주를 상상했던 터라, 예상보다 훨씬 드라이하고 쌉싸름한 술맛에 다소 당황했다. 조금씩 더 맛을 보아도 별다른 맛이 느껴지질 않고 심심하게만 다가올 뿐이었다. 통영의 해산물과 함께 먹어야 제 맛이 느껴질까 싶을 정도로 슴슴한 술맛을 뭐라고 표현해야 좋을지 알 수 없었다.

그날은 마셔야 할 술이 많아서 친구와 나는 곧장 다른 술을 더 마셔보기로 했다. 구하기 어려운 희귀한 술부터 가격대가 높아 차마 구매할 엄두가 안 나던 술, 최근에 출시되어 아직 소매점에 유통되지도 않은 술까지 정말 온갖 술을 한 잔씩 따라서 맛보았다. 민트, 바질, 캐모마일, 샤인머스캣 등 술에서 흔하게 접해보지 못한 원재료를 넣어 빚은 술부터 단호박, 무화과, 비트, 포도, 딸기 등 다양한 부재료를 활용해 빚은 술을 맛보며 사람들과 의견을 나누고 저마다 취향에 맞는 술을 찾아갔다. 그런데, 수많은 술을 맛보고 난 뒤 자꾸만 건축가가 빚은 막걸리를 찾게 됐다. 특히 달콤하거나 독한 술을 맛보고 나면 굉장히 맛있게 마셨음에도 불구하고 건축가가 빚은 막걸리를 다시 마시고 싶었다. 대부분의 술에 저마다의 개성이 살아 있어 한번 맛보면 굉장히 새롭고 독특하다는 인상이 들지만, 술자리가 무르익어 가는 과정에서 연달아 마시기에는 아무래도 부담스러운 느낌이 조금씩 남았다. 그러나 오직 건축가가 빚은 막걸리만은 그 어떤 술과 음식에도 물리지 않고 계속해서 들이켜게 되었고, 그 마성의 매력이 시간이 지날수록 점점 더 크게 드러났다. 마시면 마실수록 무미와 같은 드라이함 속에서 상큼한 향과 함께 은은한 과실향이 서서히 올라와 기분을 좋게 만들어주었다.

모임의 하이라이트인 '맛있게 마신 술'을 발표하는 시간. 정말 맛있게 마신 술이 한두 가지가 아니라서 어느 것을 꼽아야 할지 망설여졌다. 굉장히 독특하면서도 새롭고 강렬한 맛을 보여준 수많은 우리 술 중에서, 나는 가장 흐릿한 캐릭터로 다가온 건축가가 빚은 막걸리를 골랐다. 이 술만 어느 때 마셔도 아무런 거부감 없이 계속 들어갔고, 심지어 취기가 오른 뒤에도 맛있게 느껴졌다는 대답과 함께 한 잔 더 들이켰다.

원어민 강사가 추천해준 소설 《Invisible Cities》를 나는 결국 끝까지 읽었다. 이 소설은 베네치아 출신의 탐험가 마르코 폴로가 몽고 황제 쿠빌라이 칸에게 이야기해주는 상상의 여행기를 담고 있다. 총 55편의 에피소드 속에 다양한 도시의 풍경이 펼쳐졌다. 원어민 강사는 나에게 소설 속 어떤 도시가 가장 좋았느냐고 물었다. 나는 도시 '조라'가 가장 좋았다고 대답했다. 마르코 폴로는 조라를 한번 방문하면 결코 잊을 수 없다고 설명하며, 특별히 아름답거나 독특한 이미지가 있어 잊히지 않는 것은 아니라고 덧붙였다. 다만 연달아 이어지는 집과 대문, 창문을 바라보는 방식에 조라의 비밀이 숨어 있다는 것이다.

이 소설을 읽으려면 도무지 종잡을 수 없는 어렴풋한 세계 속에서 화자의 이야기를 따라 이어지는 풍경을 하나씩 상상해 나가야 했다. 이는 마치 건축가가 아무

것도 없는 공터에 건물을 지으려 벽돌을 하나둘 쌓아가는 과정과 유사하다. 한데 소설 속 화자의 이야기를 따라 상상을 더해가다 보면 어느새 완연한 도시의 풍경이 완성되어 있는 놀라운 경험이 일어난다. 보이지 않는 세계 속에서 건물과 다리와 궁전이 보이는 도시를 발견해 나가는 이야기의 신비함에 빠져 읽기를 멈출 수 없는《보이지 않는 도시들》처럼, 건축가가 빚은 막걸리가 보여주는 무미로부터 하나둘씩 발견해 나가는 상큼한 산미와 다채로운 과실의 향, 쌉싸름한 후미를 느껴보면 좋겠다. 달지 않아 오래도록 마셔도 물리지 않는 마성의 매력까지도.

삶의 진실한 보석

—— 보석막걸리와 춤을

"술은 하늘과 땅과 사람이 함께 만들어요."

우리 술을 빚는 민재웅 대표의 말이다. 가령 와인용 포도를 생산하는 데 있어서 가장 중요한 것은 토양이다. 거칠고 척박한 토양일수록 품질 좋은 열매를 맺는 포도나무의 특성상, 우리나라의 비옥한 토양에서 자란 포도 품종으로 술을 빚어 맛을 내기란 굉장히 어려운 일이다. 우리나라 토양에 맞는 농사는 뭐니 뭐니 해도 쌀농사다. 기름진 땅에서 자란 질 좋은 쌀로 고슬고슬하게 밥을 짓고 누룩과 물을 섞어 발효하면 탁주가 되고, 그 위로 뜨는 맑은 술을 걸러내면 청주가 된다. 곡식이 물에 불어나고, 불에 익고, 효소에 의해 쪼개어지고, 효모를 통해 발효되어 알코올로 변화하는 과정은 마치 보석을 세공하는 과정과 흡사해 보인다. 일견 돌 멩이처럼 보이는 원석을 씻고 깎고 다듬어 작지만 찬란 히 빛나는 보석을 얻듯이, 우리나라 땅에서부터 자라난 쌀로 보석을 세공하듯 정성스레 술을 빚는 양조장이 있 다. 바로 서울 보문동에 위치한 '보석양조장'이다.

보문동 버스 정류장 근처 대로변 건물에 자리 잡은 양조장에는 별다른 간판 없이 '보석양조장'이라는 문구 만 적혀 있었다. 도심 속에 자리한 자그마한 양조장의 모습이 마치 원석을 갈고 닦아나가는 공방 같아 보였 다. 양조장 내부는 막걸리를 판매하고 시음하는 공간과 제조 공간으로 분리되어 있었다. 보석양조장의 민재웅 대표가 안쪽에서 작업을 하다가 나와서 나를 맞아주었 다. 양조장 대표답게 손님 대접을 물이나 음료가 아닌 막걸리로 해주었다. 그는 빚은 시기가 다른 보석막걸리 두 잔을 각각 와인 잔에 따라주었다.

술을 시음하는 공간은 서양식 바 형태로 꾸며놓았 고, 그 위쪽에는 자개판이 붙어 있어 외국에서 마주한 한식 주점 같은 분위기가 났다. 아담하면서도 운치 있

게 꾸며놓은 양조장에서 막걸리를 마시니 도심에서 순
식간에 다른 세계로 들어선 듯한 느낌이 들었다.

　민재웅 대표는 원래 애니메이션과 관련된 일을 해
오며 학교에서 학생들을 가르쳐왔다. 그리고 부업으로
작은 와인바를 운영했다. 그는 막걸리를 매우 좋아하지
만 누룩의 쿰쿰한 향과 텁텁한 맛을 좋아하지는 않았
다. 드라이한 막걸리의 대명사격인 송명섭 막걸리를 좋
아했기에, 그토록 맑고 깔끔한 막걸리를 만들고 싶었다.

　나 또한 송명섭 막걸리를 비롯해 희양산 막걸리,
꽃잠 막걸리 등 달지 않은 술을 좋아하지만, 사실 이런
유형의 술은 호불호가 크게 나뉘어 판매하기가 까다롭
다고 들었다. 양조사로서는 분명 큰 도전임에도 불구하
고 민재웅 대표에게는 드라이한 막걸리 맛에 대한 자부
심과 확신이 뚜렷이 서 있었다.

　"와인바는 친한 친구들과 함께 취미 겸 부업으로
운영해왔어요. 그러던 중 전문적인 와인 지식을 익히려
와인 스쿨을 다녔죠. 그때 저에게 와인을 가르쳐주던
소믈리에가 굉장히 유명한 분인데, 그분이 지금은 막걸
리 주점을 운영하고 있어요. 이유를 물으니 한국인으로

서 아무리 와인을 많이 알고 잘 만든다 한들 프랑스 와인을 이기기는 어렵다는 거였어요. 일찍부터 와인을 마시며 성장해온 유럽 사람들에게 와인을 설명하고 추천하는 일에도 한계를 느꼈다고 하고요. 하지만 그들에게 한국의 막걸리를 소개하고 추천한다면 분명히 승산이 있다는 거예요. 그 이야기를 들으며 저도 만약 술을 직접 빚게 된다면 당연히 막걸리여야 한다고 생각했어요. 꼭 막걸리가 아니더라도 오직 나만의 색깔을 가진 술을 빚고 싶었죠. 한국 땅에서 나는 포도 품종으로 좋은 술맛을 내기란 어려운 일이잖아요. 우리나라 토양에 맞는 농사는 쌀농사이다 보니 쌀로 빚은 와인 즉 청주에 관심이 생겼어요. 국내의 일본식 선술집에서 일본 청주가 아닌 한국 청주가 판매된다면 더욱 경쟁력 있겠다고 판단해 우리 술 공부를 시작했죠. 우리 술 빚기의 근간은 막걸리이니 첫 번째 술로 보석막걸리를 내놓았습니다."

　　민재웅 대표가 설명과 함께 내어준 보석막걸리는 분명 '막걸리'임에도 불구하고, 은은하게 감도는 청주와 같은 맛과 향이 났다. 더불어 막걸리의 가벼운 탁도와 질감이 마치 독일의 리슬링 와인을 떠오르게 만들기도 했다. 한국 술에서 이런 맛과 향이 날 수 있다는 게 놀라웠다.

"혼자서 술을 빚고 판매하는 소규모 양조장이라서 여러 가지 어려움이 있고 잡일도 많지만, 그동안 시도 해보고 싶던 다양한 술을 모두 빚어볼 수 있다는 즐거움이 커요."

민재웅 대표는 그렇게 말하며 보석양조장의 두 번째 술 '탱고막걸리'를 내주었다. 보석막걸리보다 조금 더 단맛이 도드라지면서도 과실의 은은한 풍미가 느껴졌다. 어떠한 부재료를 넣었느냐고 물으니 백향과를 넣었다는 대답이 돌아왔다. 보석막걸리가 은은하면서도 수수한 쌀 본연의 맛을 자랑하는 진주 같은 술이라면, 탱고막걸리는 원석을 여러 각도에서 깎아 다양한 빛을 내는 루비 같은 술이었다.

우리 술, 좀 더 세분화해 막걸리 업계에도 '트렌드'라는 게 있다. 당도가 높으면서도 탄산감 없이 묵직한 질감으로 소비자를 이끄는 내추럴 막걸리가 우리 술 시장을 휩쓸던 시기가 있었다면, 탁주의 산미를 극도로 끌어올려 입안에 침이 고이고 혀가 시릴 정도로 산도가 강한 막걸리가 유행하기도 한다. 우리 술을 많이 접해본 애주가일수록 점점 더 당도가 낮고 드라이한 술을 찾는 사람이 많은데, 보석양조장의 막걸리가 바로 그런 애주가를 위한 술이지 않을까 싶다. 맑고 투명한 모습으로 찬란한 빛을 발하는 보석처럼, 맑고 가벼운 질감으로 순정한 맛을 끌어내는 보석막걸리를 마시며 우리 땅에서 빚어지는 진짜 보석을 느껴보길 바란다.

보리수 그늘 아래서

──존재의 시원始原을 그리며 보리수 헤는 밤

더운 여름이 걷히고 가을이 다가올 무렵이면 보리수나무에 열매가 주렁주렁 맺힌다. 붉은 빛깔의 열매가 마치 앵두 같기도 하고 산수유 같기도 하다. 시면서도 달고, 달면서도 떫은 다채로운 맛을 가진 보리수 열매는 주로 설탕에 재워 효소로 만들거나 술에 담가두었다가 마신다. 이런 보리수 열매로 술을 빚어 출시하는 곳도 있다. 바로 소곡주를 생산하는 곳으로 유명한 백제명가주조다.

소곡주란 역사적으로 대중적인 명성이 가장 높았던 토속주이다. 구전되는 이야기 중에 '한양으로 과거 시험을 보러 가던 선비가 한산에 있는 주막에 들러 목을 축이다가 술맛에 반해 일어나지 못했다'는 내용이 있다. 그리하여 '앉은뱅이 술'이라는 별명이 붙은 술이 바로 한산소곡주다.

한산 지역 주민들은 오랜 세월 동안 소곡주의 명맥을 이어왔다. 백제명가주조의 이정아 대표 역시 한산면에서 소곡주를 생산해오다가 수많은 소곡주 양조장 사이에서 살아남기 위해 독특한 색깔의 술을 빚어야겠다고 결심했다. 그렇게 탄생한 술이 바로 보리수 열매를 활용한 '보리수 헤는 밤'이다.

이정아 대표는 어린 시절 친구 집에서 우연히 보리수 열매를 먹어보았다. 새콤달콤하면서도 떨떠름한 보리수 맛에 반해 아버지에게 보리수나무를 심어달라고 부탁했다. 그렇게 아버지가 심어준 보리수나무가 점차 늘어나 지금은 양조장 주위에 100그루나 된다. 이정아 대표는 빨갛게 익은 열매가 주렁주렁 매달린 보리수나무를 보고 어떻게 하면 저 열매를 많은 이들에게 맛보여 줄 수 있을지 고민하기 시작했다. 마침 새로운 개성이 담긴 술을 빚고자 결심했기에 보리수 열매로 청을 담가 1년가량 숙성해 술에 넣어보았다. 그러자 보리수 열매의 신맛과 단맛, 떫은맛 등이 한데 어우러져 입맛을 돋우는 향기로운 술이 탄생했다. 이 대표는 흔하지는 않지만 한번 맛보면 빠져들 수밖에 없는 보리수의 매력적인 맛을 많은 이들이 알아가면 좋겠다는 마음으로 술을 빚고 있다.

보리수 열매는 일상적으로 소비하는 식품이 아니라서 다소 생소한 편이다. 나 또한 살아오면서 보리수 열매를 먹어본 적이 한 번도 없다. 보리수 열매는 형태가 산수유와 비슷해 보이지만 맛은 맵고 떫고 짜고 시고 단 것으로 알려져 있다. 예로부터 기침, 천식, 기관지, 호흡기 건강에 좋은 약재로 쓰여오기도 했다. 보리수 헤는 밤의 경우 직접 재배한 보리수 열매로 담근 효소를 술에 넣었을 뿐만 아니라, 보리수 열매의 붉은 색감을 더욱 생동감 있게 표현하고자 붉은 누룩 곰팡이를 배양시켜 만든 홍국쌀로 술을 빚었다.

다소 생소한 재료와 독특한 방식으로 빚은 술이니만큼 기대감보다는 의아함이 깃든 마음으로 '보리수 헤는 밤'의 뚜껑을 열었다. 우선 향에서는 누룩의 구수함이 피어오르는 가운데 새콤한 산도가 함께 느껴졌다.

맛을 보면 다달한 감미가 먼저 다가오고, 뒤이어 쌉싸름함과 함께 은은한 산미가 감돌아 산뜻하면서도 깊은 맛이 동시에 났다. 왠지 모르게 마음이 차분해져 두 눈을 감고 술이 주는 후끈한 내음을 천천히 빨아들였다.

집의 그늘진 곳에서, 나룻배들이 떠 있는 강가의 햇살 속에서, 사라수 숲의 응달에서, 보리수 그늘 아래서, 브라만의 수려한 아들이자 어린 매 같은 싯다르타는 역시 브라만의 아들인 친구 고빈다와 함께 자랐다. 강가에서 미역을 감을 때나 성스러운 목욕재계를 할 때, 거룩한 제사를 드릴 때면 싯다르타의 빛나는 어깨는 태양빛에 갈색으로 그을었다.[10]

— 헤르만 헤세, 《싯다르타》 중에서

헤르만 헤세의 《싯다르타》는 그가 1919년 에밀 싱클레어라는 필명으로 《데미안》 출간하고 깊은 슬럼프 기간을 지나온 뒤 1922년에 본명으로 발표한 장편소설이다. 헤세는 《싯다르타》를 집필하며 작가로서는 치명적인 창작의 위기를 겪고 칼 융에게 정신분석 치료를 받기도 했다. 그토록 힘든 시기를 거쳐 세상에 나온 《싯다르타》는 200쪽 정도의 짧은 소설이지만, 그 안에는 한 인간의 생애와 존재를 써내려간 고투의 흔적이 고스란히 묻어나 있다. 싯다르타의 생애와 존재 속에 어린 시절 보리수 그늘 아래서 겪은 찬란한 기억, 많은 이들의 칭찬과 축복 속에서 구도의 길을 가면서도 정신세계에 대한 갈망에 시달리는 불안정한 내면, 감각으로 세계를 받아들이며 자기실현과 깨달음으로 나아가는 과정 등이 빼곡히 담겨 있다. 그 과정에서 사랑의 기술을 통달한 카말라와 인연을 맺고, 거상 카마스바미를 통해 거대한 부를 축적하는 시기도 물론 있다. 그러나 결국 자기 삶의 모든 시도가 실패했음을 자각한 싯다르타는 스스로 생을 마감하려고 든다. 그 순간 어릴 적에 들은 '옴'을 중얼거리며 '전체'에 대한 깨달음을 얻고, 오로지 자기 자신으로서의 삶을 따라 강물을 건너간다.

갑자기 일어난 좋은 일에 마음이 붕 떠오를 때, 또는 좋지 않은 일에 마음이 가라앉을 때면 소설 《싯다르타》를 읽으며 보리수 혜는 밤을 한 잔 마신다. 삶과 죽음, 지혜와 무지, 빛과 어둠, 흑과 백 등 서로 대비되는 수많은 현상이 책 한 권 속에 오롯이 들어 있듯, 술 한 잔 속에도 수많은 기억과 시간이 담겨 있는 듯하다. 그리하여 나는 책 한 권만큼은 넓어지고, 술 한 잔만큼은 깊어지리라, 기대하면서.

이 세계는 불완전한 것도 아니고, 완성을 향해 서서히 나아가는 과정에 있는 것도 아닐세. 그럼, 이 세계는 매 순간 완전하며, 모든 죄는 이미 그 속에 은총을 품고 있고, 모든 어린아이는 이미 그들 안에 노인을 품고 있고, 모든 젖먹이는 이미 그들 안에 죽음을 품고 있고, 모든 죽어가는 사람들은 이미 그들 안에 영원한 생명을 품고 있다네. (……) 그렇기 때문에 내게는 존재하는 모든 것이 선하게 보이고, 죽음도 삶과 같은 것으로, 죄악도 신성한 것으로, 지혜도 어리석음과 같은 것으로 보여. 모든 것이 그럴 수밖에 없지.[11]
— 헤르만 헤세, 《싯다르타》 중에서

문학과 자연 그리고 우리 술의 어우러짐

── 연희동 문학창작촌과 양조장

소설가가 되고 나서 처음으로 찾은 집필실은 서울문화재단에서 운영하는 연희문학창작촌이었다. 2009년에 옛 시사편찬위원회를 리모델링해 분기별로 총 19명의 작가에게 집필실을 제공하는 곳이다. 창작촌 내부에 야외무대, 문학미디어랩, 예술가놀이터, 산책로 등의 공간이 있어 작가의 창작 환경을 북돋우는 동시에 시민들이 문학을 가까이 접하고 즐길 수 있는 기획프로그램을 운영하고 있기도 하다. 시인, 소설가, 평론가, 번역가 외에도 작가 지망생이 집필실을 지원받을 수 있고, 나는 2011년, 2015년, 2021년에 입주해 소설을 집필한 경험이 있다.

창작촌은 연희동 삼거리에서 홍제천으로 나가는 길가에 자리해 있어 번잡한 도심 속 쉼터와 같은 공간으로 다가왔다. 해리포터가 기차역의 벽을 뚫고 나가 호그와트 마법학교로 들어가듯, 한적한 연희동 길가에서 골목 하나만 꺾어 들어가면 마치 마법세계로 들어서기라도 한 것처럼 아름답고 고즈넉한 자연경관이 펼쳐졌다. 잘 가꾸어진 정원의 과실수가 특히 정겹고, 출입문을 지나 오르막길에 죽 이어진 매화나무 군락도 장관이다. 봄이면 매화나무에 가장 먼저 꽃봉오리가 열리며 희고 붉은 꽃잎이 휘날리고, 초여름이면 푸른 매실이 잔뜩 매달려 바라보는 이의 마음까지 풍성해졌다. 봄날 마당에 떨어진 매화나무 꽃잎을 보며 환영에 젖기도 하고, 여름날 매실을 주워 술이나 설탕에 재워뒀다가 가을날 꺼내어 맛보는 일도 즐거웠다.

창작촌에 입주한 작가들과 함께 연희맛로에 자리한 식당에서 식사와 반주를 곁들이는 날도 많았다. 그렇게 식사와 산책을 겸해 걸어 다니던 연희동 길가에 어느 날 양조장이 들어섰다. '같이양조장'이라는 간판이 붙어 있고, 안쪽으로 커다란 소줏고리가 놓여 있었

다. 도심 곳곳에 수제맥주 브루어리가 생겨나던 시기이
긴 했으나, 탁주를 빚어 판매하는 양조장을 서울 한복
판에서 마주하기는 처음이었다.

그때만 해도 '양조장' 하면 떠오르는 것이 저렴한
가격에 판매하는 술을 양은주전자 가득 받아오는 풍경
이었다. 시대극을 다룬 드라마나 영화에서 자주 본 장
면이라서, 실제로 값싸게 술을 잔뜩 받아올 수 있지 않
을까 하는 들뜬 마음으로 양조장의 문을 두드려보았다.
그러나 양조장의 문은 항상 잠겨 있었고, 판매하는 술
은 도대체 어디 있는지 찾아볼 수가 없었다.

이따금씩 양조장 문 앞에 소매로 판매할 술을 예약
받는다는 내용의 안내문이 붙었다. 375밀리리터 유리
병에 담긴 탁주 한 병 가격이 1만 원을 넘어 충격을 받
기도 했다. 수제맥주, 내추럴와인과 같이 첨가물이나
보존제 없이 손으로 직접 빚어 병입한 우리 술의 가치
를 몰랐기 때문이다. 그래도 직접 빚은 신선한 탁주를
맛보고 싶다는 바람을 떨쳐버릴 수 없어 예약을 하려고
보면 매번 매진되어 있었다. 양조장에서는 술을 대량으
로 빚어 판매하는 줄만 알았는데, 혼자서 쌀을 씻고 찌

고 발효하고 숙성해서 판매하는 소규모 양조장에서는 극소량의 제품만 생산할 수밖에 없다고 했다. 결국 연희문학창작촌에 머물며 소설을 쓰던 기간 내내 단 한 번도 같이양조장의 술을 맛보지 못했다.

그 당시 같이양조장에서 생산하는 술에는 모두 '연희'라는 이름이 붙어 있었다. 연희매화, 연희유자, 연희민트 등 서너 가지 탁주가 있었고, 연희문학창작촌의 매화나무에 매료되어 있던 나로서는 연희매화가 가장 궁금했다. 그리고 그토록 궁금했던 연희 시리즈 탁주는 생각지도 못한 곳에서 맛볼 수 있었다. 같이양조장 건너편에 네덜란드 사장님이 전통 방식으로 훈연한 연어를 판매하는 상점이 있는데, 이곳에서 신제품 훈제 고등어 시식회가 열려 찾아갔을 때였다. 이날 같이 양조장에서 연희 시리즈 탁주를 훈제 고등어와 함께 맛볼 수 있도록 후원해주었다는 것이다.

시식회가 시작되자 같이양조장 최우택 대표도 훈제 고등어를 맛보러 찾아왔다. 내가 그동안 연희문학창작촌에 머물면서도 같이양조장의 술을 한 번도 맛보지 못했다고 털어놓으니, 그럼 지금이라도 양조장 견학을 시켜주겠다고 하는 것이 아닌가! 나는 바로 따라나서 며, 왜 양조장의 문을 항상 잠가두는지 물었다. 그러자 술을 빚고 발효하는 과정에서 가장 중요한 것이 청결인데, 출입문을 열어두면 술을 빚는 공간까지 신발을 신고 들어와 술 좀 사겠다고 우기는 분들이 많았다는 대답이 돌아왔다. 술을 발효하는 과정에 잡균이 침입하거나 번식하지 못하도록 막기 위해 외부인 출입을 차단하게 되었고, 예약한 날짜에만 방문을 허용해 술을 구매해 갈 수 있도록 했다는 것이다. 그리고 현재는 합정동에 자리한 4층 빌딩에서 술을 생산하는 공간과, 시음하고 판매하는 공간을 나누어 운영하고 있었다.

마침내 연희동 같이양조장 내부를 둘러볼 수 있게 되어 가장 먼저 쌀을 세척하는 세미실로 가보았다. 대표님이 미리 씻어두었다는 쌀이 대야에 한가득 담겨 있었다. 세미기 없이 쌀을 커다란 대야에 담아 손으로 직접 씻고 물에 불리는 중이었는데, 쌀눈이 고스란히 보일 정도로 깨끗하게 씻어 담가둔 모습이 인상적이었다. 뒤이어 술을 발효하고 숙성하는 공간에 들어서니 술 익어가는 향기가 가득했다. 상품으로 만들어 판매 중인 술뿐만 아니라 다양한 실험과 연구가 진행 중인 제품으로 발 디딜 틈이 없는 공간이었다.

양조장을 둘러본 뒤 다시 훈제 연어 상점으로 가서 훈제 고등어와 함께 연희 시리즈 탁주를 한 잔씩 맛보았다. 가장 궁금했던 연희매화를 시작으로, 연희유자, 연희민트 탁주를 마셨다. 벨기에 맥주 람빅을 모티브로 만들었다는 연희매화는 적당한 산미와 은은하게 피어오르는 꽃향이 매력적이었다. 흰 듯 붉은 듯 피어 흩날리는 봄날의 매화 꽃잎이 떠오르는 황홀한 술. 뒤이어 맛본 연희유자는 생 유자를 넣어 빚은 술로 톡 쏘는 새콤함이 강렬했다. 유자는 보통 설탕에 재운 유자청으로 먹다 보니 달콤한 맛이 강한 줄로만 알았는데, 연희유자는 설탕을 첨가하지 않은 유자 본연의 맛으로 술을 빚어 새콤하면서도 쌉싸름한 풍미가 일품이었다. 그리고 양조장에서 직접 기른 민트를 넣어 빚은 연희민트는 모히토 칵테일을 닮아 청량하고 시원한 향과 맛이 나는 게 독특했다.

마포구 합정동으로 확장 이전한 같이양조장 빌딩에 방문하면 이보다 훨씬 다양한 재료로 빚은 탁주를 맛볼 수 있다. 팔각을 넣어 마치 향신료 들어간 남아메리카의 술을 떠올리게 만드는 연희팔각, 부드러운 밀크티의 질감을 표현한 연희홍차, 샤인머스캣을 넣어 아이스와인 같은 맛과 질감을 살린 썸머딜라이트 탁주 등 새롭고 다양한 시도로 우리 술을 보다 풍성하게 즐길 수 있도록 만든 곳이 바로 같이양조장이다. 대개의 양조장이 지방의 외딴곳에 있어 찾아가기 어려운 반면, 같이양조장은 합정동에 새로운 터를 잡아 보다 많은 이들이 일상적으로 양조장에 방문하고 우리 술 문화를 즐길 수 있도록 힘쓰고 있어 참으로 반갑다. 대표 혼자서 운영하던 연희동 양조장 공간도 그대로 남겨두어 연희시리즈 탁주의 상징성을 이어가고 있으니, 연희동을 산책하며 같이양조장을 지나쳐 연희문학창작촌에 한 번 들러보면 좋겠다. 봄날 흩날리는 매화 꽃잎을 바라보거나, 야외 무대에 앉아 고즈넉한 정원의 풍경을 만끽해봐도 좋고, 정원 곳곳에 숨어 있는 고양이, 강아지 친구들과 인사를 나누어봐도 좋다. 그러다 보면 문학과 자연과 우리 술이 어우러지는 향기에 흠뻑 취하는 마법 같은 순간이 찾아올 테니.

나오며

14년 전 소설가로 등단해 지속적으로 글을 써오는 동안 산문 쓰기가 소설 창작보다 어려울 수도 있다는 사실을 이 책을 쓰며 절감했다. 두 달 가량 집중해서 쓰면 완성하겠지,라는 안일한 생각으로 호기롭게 쓰기 시작한 원고를 꼬박 1년이 지나 겨우 마무리 지었다. 한평생 소설을 읽고 써오며 내가 느끼고 경험한 것을 글로 묘사하는 일에 능숙해 직접 맛본 우리 술 이야기를 쓰기 시작한 것인데, 막상 술에 대한 지식과 경험이 전무하다 보니 글을 쓰면 쓸수록 밑천이 드러났다. 뒤늦게나마 우리 술 교육기관에서 양조를 배우고 소믈리에 교육 과정을 밟기도 했지만, 한평생 술을 빚고 연구해온 분들에 비하면 턱없이 부족한 수준이다. 다만 향과 맛이 다채로운 한국의 술을 마시며 문학 작품 읽는 취향을 살려 술과 문학이 빚어내는 하모니를 써나갔다.

우리나라에는 이루 다 헤아릴 수 없을 정도로 많은 종류의 술이 생산되고 있다. 그 많은 우리 술을 일일이 다 맛보고 글로 쓰기에는 건강은 물론이요 경제적으로도 어려움이 뒤따를 수밖에 없다. 게다가 이 책을 쓰는 동안에도 하루가 멀다 하고 등장하는 신생 양조장의 신상 술까지 맛보고 취재해 글로 써나갈 여건을 만들기는 어려웠다. 따라서 비교적 최근에 출시된 우리 술은 이 책에서 다루지 못했다. 더불어 시중에 출간되어 있는 우리 술 서적에서 언급한 술을 되도록 배제하고, 대중적으로 널리 알려지지 않은 술 위주로 집필 목록을 구성했다. 사람들에게 알려질 기회가 적은 우리 술과 이야기를 소개하려는 기획 의도에 따라 싣지 못한 것이니 너그러이 이해해 주시길 바란다.

서툰 글을 끝까지 포기하지 않고 다듬어 책으로 묶어준 한재현 편집자와 은행나무 출판사에 각별히 감사드린다. 글을 쓰는 동안 많은 위로와 응원을 보내준

233

최유안 소설가와 정진영 소설가, 선뜻 추천의 글을 보태준 박찬일 선생님, 기꺼이 감수를 맡아준 삼해소주 김현종 대표님께도 애정과 존경의 마음을 전한다.

속초에서

김혜나

미주

1 김경주, 《시차의 눈을 달랜다》, 민음사, 2009, 31쪽.

2 한창훈, 《나는 여기가 좋다》, 문학동네, 2009, 60쪽.

3 이청준, 《눈길》, 문학과지성사, 2012, 161~162쪽.

4 J. D. 샐린저, 《호밀밭의 파수꾼》, 김재천 옮김, 소담출판사, 2001, 250~251쪽.

5 에크하르트 톨레, 《삶으로 다시 떠오르기》, 류시화 옮김, 연금술사, 2013, 30쪽.

6 김은숙, 《손길》, 천년의시작, 2007, 16쪽.

7 알베르 카뮈, 《이방인》, 김예령 옮김, 열린책들, 2011, 73~74쪽.

8 현기영, 《지상에 숟가락 하나》, 창비, 2018, 28쪽.

9 김혜나 외, 《주종은 가리지 않습니다만》, 앤드, 2023, 40쪽.

10 헤르만 헤세, 《싯다르타》, 권혁준 옮김, 문학동네, 2018, 11쪽.

11 헤르만 헤세, 위의 책, 165~166쪽.

술 맛 멋

1판 1쇄 발행 2024년 8월 22일

지은이 · 김혜나
펴낸이 · 주연선

(주)은행나무
04035 서울특별시 마포구 양화로11길 54
전화 · 02)3143-0651~3 | 팩스 · 02)3143-0654
신고번호 · 제 1997—000168호(1997. 12. 12)
www.ehbook.co.kr
ehbook@ehbook.co.kr

ISBN 979-11-6737-439-4 03810